「と、とにかく顔は最後にしろ。こっちにも色々あるんだよ」
隣の席のヤンキー清水さんが髪を黒く染めてきた
底花 イラスト ハム
Story by Teika Art by Hamu
清水《しみず》圭《けい》
学校の誰からも恐れられているヤンキー女子高生。あることがキッカケで金髪から黒髪に染めたらしい……。

「……その弁当をお前にやる」

「おい、勝手に何言ってんだよ愛」
「私、大輝君とお話ししてみたい。大輝君も時間あるらしいし圭もいいでしょ？」
清水《しみず》愛《あい》
清水圭の姉。大輝と圭が通う学校の生徒会副会長。妹の圭を溺愛している。

「どう思う……本堂？」

隣の席のヤンキー清水さんが髪を黒く染めてきた

底花

角川スニーカー文庫

23610

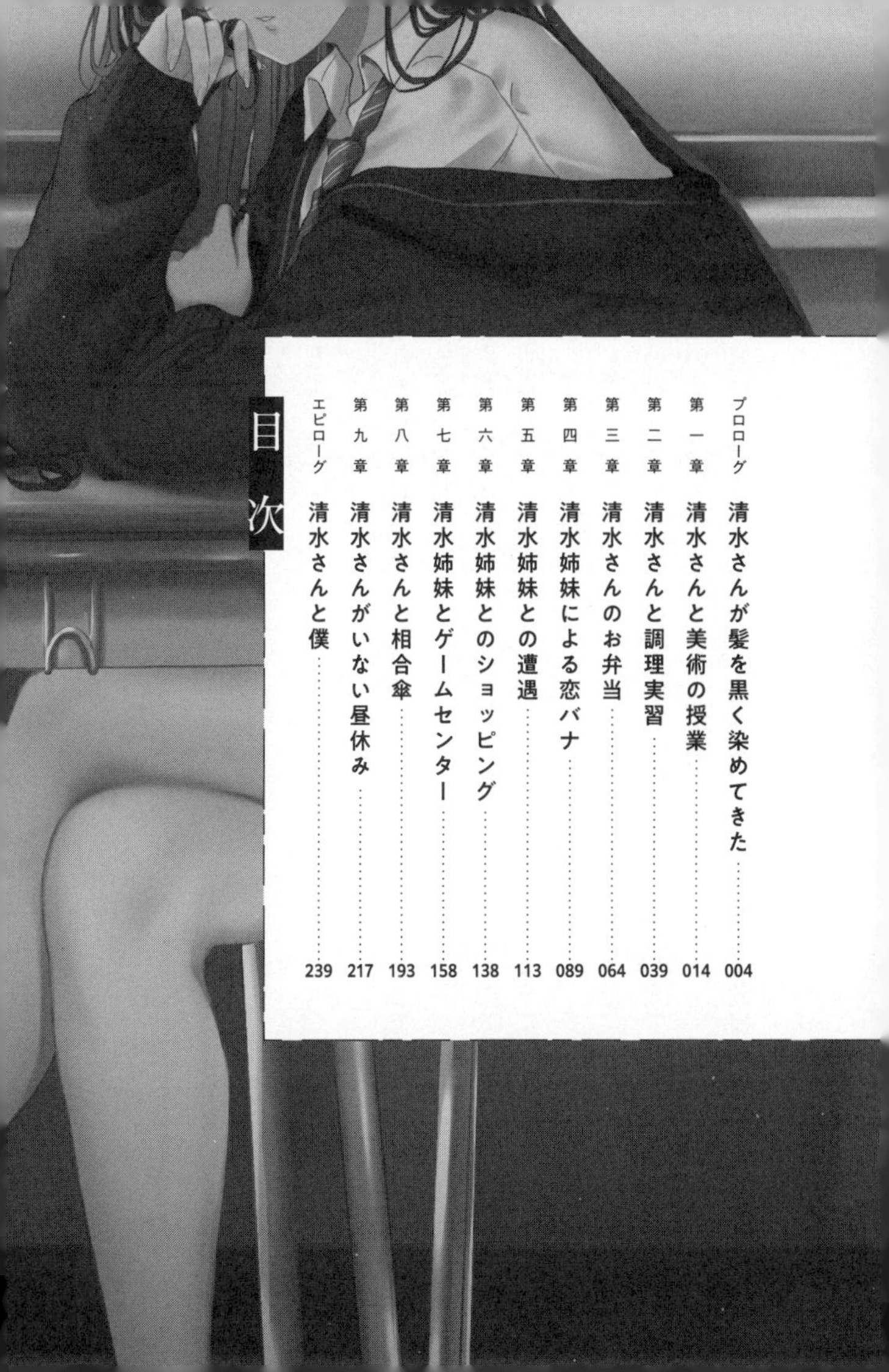

目次

プロローグ

清水さんが髪を黒く染めてきた

「大輝《だいき》、恋バナしようぜ」

「突然だね？」

　放課後、帰宅部の僕が学校に残る用事も今日は特になく帰ろうとしていると、友人である松岡《まつおか》俊也《しゅんや》に声をかけられた。

「いやさ、俺たち高一からの仲だけど恋愛方面の話ってあまりしたことなかったじゃん」

　確かに僕と俊也は高校一年のはじめに席が近かったことで話すようになり、次第に仲良くなった。高校二年生になった今も友達としての関係は変わらない。それに恋愛話をしたことがないことも事実だ。ただ僕にはいくつか言いたいことがあった。

「まあ確かにないけどさ。こういう話は修学旅行の夜とかに男子数人で集まってこっそりするものじゃない？　というか今から俊也、部活でしょ」

　帰宅部の僕と違い俊也はサッカー部に所属している。だから僕と教室でしゃべっている暇はないと思うのだけど。

「今日は部活始まるまで時間に少し余裕あるから大丈夫。ということで、ただいまから俺と本堂《ほんどう》大輝による恋バナを始めていきたいと思います！」

俊也の誰に向けてか分からない宣言を聞き、僕は意見することを諦めた。こうなった俊也はこれまでの経験上誰にも止められない。

さっと辺りを見回すが放課後の教室に残っている人は少なく、僕たちの話に興味を持つ人はいないようだ。

ただ一つ懸念があるとすれば、僕の隣の席にまだ清水《しみず》さんが座っていることだろうか。

清水圭《けい》さんはうちの高校で有名なヤンキーである。清水さんの腰の下まで伸びたその綺《き》麗《れい》な髪は、校則で染髪が禁止されているにもかかわらずどう見ても完全な金色だ。制服は当たり前のように着崩していて、ネックレスやピアスなどの装飾品も身に着けている。

その派手な髪色を先生から注意されても、逆にギロリと睨《にら》みつけられた先生の方が泣きそうになるなど、清水さんの武勇伝はいくつもある。それらが原因なのか、清水さんは同学年だけでなく後輩や先輩にも広く恐れられている。

そんな清水さんと僕はなんの因果か高校生になってからずっと同じクラスだ。清水さんは普段授業が終わったらすぐ帰るから、まだ教室に残っているのは珍しい。机にうつ伏せになったまま動かないからきっと寝ているのだと思われる。寝ているなら横で話していても大丈夫か。

「最初の質問。大輝って好きな女の子いるか？」

僕の意識が隣の清水さんの方に向いていると、俊也がいきなり核心をつく質問をしてきた。

「その質問って恋バナの中でも最後の最後に聞く内容じゃない？」

「俺はショートケーキのイチゴは最初に食べる派なんだよ。それでどうなんだ？」

その例えはなんかちょっと違う気がするけど、聞かれたからには答えよう。

「いないよ」

「なんだつまんないの」

こちらがまじめに答えたというのに、俊也の顔はどこか不満げだ。僕の口から気になる人がいるという言葉が出ることを期待していたのだろう。

「そういう俊也はどうなのさ」

意趣返しというわけではないけど、僕も俊也に質問を返すことにした。まあ、いたとしても答えられないと思う……。

「俺は瀬戸《せと》さんが好きだ」

即答だった。全く悩むそぶりがなかった。こんな形で俊也の想い人《おもびと》を知ることになるとは。

再度周りを確認するが、幸い俊也の宣言を聞いていたのは僕だけのようだ。

瀬戸さんは一年から僕たちとクラスが同じ女の子だ。ただクラスの中ではあまり目立つタイプでなく、僕は瀬戸さんのことをあまりよく知らない。

「こんなところでそんな重要なこと言って良かったの？」

「別に隠すようなことじゃないからな。それに知られたって困らないし」

二年生でサッカー部のエースをしていて女子からの人気がある俊也に、好きな人がいると知られたら大ニュースになると思うけど。

「それより、大輝は気になる子がいないなら、こんな女の子が好きとかないのか？」

僕の心配をよそに俊也はまだまだ恋バナを続けるつもりみたいだ。俊也はさっきの質問に答えてくれたのだから、今度は僕もちゃんと答えなければいけない。ただ、いきなり異性の好きなところを聞かれてもすぐには思いつかない。

「うーん」

「そこまで難しく考えなくてもいいんだぞ。可愛《かわい》い子がタイプとか綺麗な子がタイプとか、そんな大雑把《おおざっぱ》なやつでもいいから」

そうか、内面ばかり考えていたけど、異性を好きになる条件には外見もあるのか。もう一度考えてみると一つ思いついた要素があった。

「それなら清楚《せいそ》な子が好みかな」

「なるほど、大輝は清楚な女の子が好みなのか。それで具体的にはどんな感じだ？」

「具体的にというと？」

「清楚って言っても人によってイメージする姿が結構違うと思うんだよな。だから大輝が思う清楚な子がどんなイメージなのか知りたいわけ」

確かに清楚という言葉だけでは少々抽象的かもしれない。

「僕が思う清楚な子は制服をきっちりと着ていて……」

「ふむふむ。他には？」

「髪はできれば黒髪で……」

「ふむふむ。話少し逸れるけど、大輝って好きな髪の長さショート派？　ロング派？」

「どちらかといえばロング派かな」

「ふむふむ。ちなみに俺は瀬戸さんがショートだから今はショート派だ」

別に聞いてないけど。というか、俊也は瀬戸さんが何かの拍子に髪を伸ばしたらロング派に寝返りそうだ。

「話を戻すがアクセサリーはどう？　うちだとあまり派手じゃないなら黙認されてるけど」

「目立ちすぎないような装飾ならいいと思う」

「まあ分かった。大輝の好みである清楚な女の子は、制服を着崩してなくてシンプルな装飾の黒髪ロングの子ってわけだ」

「そうだね」

僕の中ではそこまで具体的な想像はしていなかったけど、間違ってはいない気がする。

「よしよし面白くなってきたな。次は何を聞こうか……」

「俊也、そういえば時間はまだ大丈夫なの？」

「今日は時間に少し余裕あるって言っただろ……ってもうこんな時間か！」

俊也が慌てて席を立ち荷物を持つ。

「ごめん、そろそろ部活始めるから行くわ。また恋バナの続きしような大輝！」

俊也はまた恋バナをする気なのか。僕は俊也の好きな人が知れてもう満足したのだけど。

僕がそう告げる前に、俊也は足早に教室から出ていった。

※　※　※

翌日、教室に着くと清水さんの席に誰かがうつ伏せになって寝ていた。

誰かと表現したのは、その人が腰よりも下まで伸びる綺麗な黒髪の持ち主だったからだ。うちのクラスに清水さんを除いてここまで髪の長い人がいただろうか。もしかすると他のクラスの女の子がうっかり教室を間違ったのかもしれない。

このままだと後から来る清水さんとこの子がお互いに困る可能性がある。僕は清水さんの席を占領している女の子を起こす決心をした。

「おーい」

寝ているとと思われる誰かさんの肩をポンポンと叩《たた》く。

「あぁ？」

清水さんだった。もう少し正確に言うと、黒い髪の清水さんだった。

なぜ髪を黒く染めたのか、なぜ今日は制服をあまり着崩さずに着ているのか、なぜいつも着けているネックレスがなくピアスはシンプルなデザインのものに変えたのか、疑問は尽きない。だが今は肩を叩いて起こしてしまった理由を考えなくてはいけない。

「お、おはよう」

自分で起こしておいておはようも何もあったものではないけど、挨拶するために肩を叩く行為はそこまで不自然ではないと思いたい。それに普段から僕は清水さんに挨拶をしているからそこまで違和感はないはずだ。

「おう……」

清水さんが挨拶を返してくれた。良かった、どうやらなんとかなったみたいだ。

「清水さん、髪黒く染めたんだね」

「ああ」

「どうして急に染めたの？」

「なんでって……それは昨日……」

清水さんの声量が急激に落ちて全く聞き取れない。昨日清水さんに何があったというの

だろうか。

「ま、まあいい、今からもう一回寝るから今度は起こすなよ」

「分かった。先生が来るまでは起こさないよ」

「別に起こさなくてもいい」

それだけ僕に言うと清水さんは再び机にうつ伏せになった。

「おやすみ清水さん」


今日は激動の一日だった。朝のホームルームに来た担任の湯浅《ゆあさ》先生は黒髪になった清水さんを見てひとしきり驚いた後に感動して泣き始め、他のクラスメイトたちも、本人には直接言わないけど、清水さんが黒髪に染めた理由について一日中考察していた。

そんな本日の主役と言っていい清水さんは、クラスのみんなから注目されてずっと機嫌が悪そうだった。

「……こんな騒がれるなんて」

放課後、清水さんは誰に言うわけでもなくそうぼやいていた。

「別にクラスのみんな、清水さんを悪く言ってるわけじゃないからそこまで気にしなくてもいいと思うよ」

「お、お前聞いてたのかよ」

「ごめん、席が近いから聞こえちゃって」

「……まあいい。でもクラスの奴《やつ》らが私のことを悪く言ってないかなんて、お前には分かんないだろ」

「それはそうなんだけどさ。清水さんのその黒髪も今日の制服の着こなしもすごくいいと思うから、それを悪く言う人なんて僕はいないと思うんだよね」

「なっ……」

清水さんの動きがピタッと止まる。僕、なんか変な事言っただろうか。清水さんはしばらく硬直していたが、少し時間が経《た》つといきなりカバンを持って立ち上がった。

「帰る」

「え？　また明日ね清水さん」

「ああ」

清水さんはそれだけ言い残すと、無駄のない動きで教室を後にした。

「僕も帰ろうかな」

今日は俊也が部活だから恋バナはお休みだ。僕はリュックを背負い、清水さんの後を追いかけるように教室を後にした。

第一章　清水さんと美術の授業

「よし、今日も恋バナ始めるか」

次の美術の授業が美術室であるため教室を出ようとしていると、俊也《しゅんや》から待ってくれと声をかけられた。俊也は僕と違って芸術科目で音楽を選択している。そのため僕が俊也をなぜ待つ必要があるのか疑問に思っていると、先ほどの発言が飛び出してきたのだった。

「何がよしだよ。次の授業、芸術科目だから早く移動しないと」

他のクラスメイトたちはとっくに移動の準備を始めていて、動く気配がないのは僕と俊也と隣の席で寝ている清水《しみず》さんだけだ。

「大丈夫。さっきの授業いつもより早く終わったからまだ時間に余裕あるって。それに最悪走ればなんとかなるだろ」

走る必要があるくらいに時間がギリギリの場合、どうにかなるのは足の速い俊也だけで僕は間に合わない気がするけれど。

とにかくここで反論するより、俊也が満足する恋バナをした方が早く移動できるはずだ。

「分かったよ。それで今日は何について聞きたいの？」

「そうだなぁ。今日の恋バナのテーマは何にしようか……」

ノープランで呼び止めたのか。まあ俊也らしいと言えばらしいけど。

「美術室少し遠いから、考えてないなら僕もう行くからね」

「ちょっと待って。俺さ、なんか今すごい恋バナしたい気分なんだよ。すぐテーマ考えるからどうか席を立たないでくれ」

教室の壁にかけてある時計を見る。確かに俊也が言ったように、まだ授業が始まるまでには移動にかかる時間を考えても少し時間がある。

「……すぐに思いつかなかったら行くからね」

「ありがとう我が友よ！」

「それじゃあ最初は普通に雑談して、そこから恋バナに繋《つな》げていこうか」

「そうしよう。それなら前から聞きたかったんだけど、芸術科目どうして美術にしたんだ？」

「単純に芸術科目の美術、音楽、書道の三つのうちで一番好きなのが美術だから。そういう俊也はどうして音楽にしたの？　俊也、そんなに音楽好きだった？」

一年くらい休み時間に話をしているけれど、俊也の口からあまり音楽関連の話題を聞いた記憶がない。

「俺が音楽を選んだ理由は簡単だ。瀬戸《せと》さんが音楽を選んだからだよ」

そう言った俊也の顔はなぜか得意げだった。

「へえ、そういう理由だったんだ」

「好きな子と少しでも一緒にいたいと思うのは当然だろ？　図書委員会だって、瀬戸さんが今年もやるって言うから俺もすることにしたんだ」

「ということは去年の四月から瀬戸さんのこと好きだったの？　もしかして一目惚《ひとめぼ》れ？」

俊也は去年も瀬戸さんと一緒に図書委員をしていた。先ほどの発言が本当なら、瀬戸さんと交流する目的で俊也は図書委員会に入ったのだろうか。僕が気になってそう聞くと、なぜか寝ているはずの清水さんが一目惚れと言ったあたりでピクリと動いた気がした。

「それは違う。少なくとも去年の四月の時点では、瀬戸さんはただのクラスメイトだったよ。図書委員になったのは他のもっと面倒《めんどう》そうな委員会に入りたくなかったからだ」

「なるほどね。僕てっきり惚れた勢いで同じ委員会に入ったのかと思っちゃったよ」

「そこまで俺はちょろくないわ。見た目でこの子可愛《かわい》いなと思うことはあるけど、それだけで付き合いたいとまでは考えないぞ」

思っていたより俊也は硬派だったようだ。ふと気になって清水さんを見ると特に動きはない。さっき少し動いたように見えたのは気のせいだったのか。どちらにせよ次の授業では教室から移動することになるから、教室を出る時に起こしてあげないと。

「あっ」

「どうしたの俊也？」

　清水さんをどう起こすか考えていると、俊也が何か閃《ひらめ》いたのか声を出した。

「思いついた、恋バナのテーマ。今日のテーマは好きな子と一緒に受ける授業にしよう」

「好きな子と一緒の授業？」

「そうだ。退屈な授業の時間でも好きな子と一緒なら楽しさも百倍だろ？　今日はそんな好きな子と受ける授業のシチュエーションについて考えていこう！」

「楽しむ前にもう少しまじめに授業受けなよ」

　こんなに授業に対してやる気がなさそうなのに、いざ試験となると僕より点数がいいばかりか学年でも結構上の方の順位なのだから始末に負えない。

「そんなこと言うなって大輝《だいき》。何事も人生楽しんでこそだろ？　それでシチュエーションだけど大輝は何か思いつくか？」

「うーん。そう言われてもなぁ。授業中って話す機会もないし特に何もできなくない？」

「それはそうなんだけどさ。なんかないかなぁ」

「俊也は瀬戸さんと授業中こうなったら嬉《うれ》しいと思う展開とかないの？」

「そうだな……」

　俊也が腕を組んでうなっている。こんな一生懸命に考えられるやる気を何か他のことに生かせば、すごいことを達成できそうな気がするのに。俊也の性格的に無理な話だけど。

「いいシチュエーション思いついた！　聞いてくれ大輝」

「うん。教えて」

「授業中、退屈になった俺はふと瀬戸さんの方を見るんだ。そうしたら瀬戸さんもちょうど俺を見ていて目が合う。それでお互いにドキッとしてすぐに目を逸らすんだ。二人ともふと相手のことを気になって見てしまう。なんかいいシチュエーションじゃないか？」

「即興で考えたにしてはクオリティ高いね」

恋愛漫画とかにありそうなシチュエーションで、いつも暇な時にこういうことを考えているのではないかと疑ってしまう。

「だろ？　大輝的にはどうだ？　憧れるか？」

「いいと思う。相手も自分のことを気にしてるのかもって思うとドキドキするかも」

「分かってくれるか！　このシチュエーションやっぱいいよな！」

相手も自分を同じタイミングで気にしていないとそもそも成立しないという欠点はあるけど、授業中にドキドキする展開としてはありえそうではある。

「よし一つ目を思いついたら後はどんどん出てくるだろ」

「まだ続けるつもりなの？」

授業中という行動が制限される状態の中で、一つシチュエーションを出しただけでもよく思いついたなと感心していたのだけど。

「当たり前だろ。まだ時間に余裕あるしやろうぜ。今度は大輝が考えるドキドキする展開も聞きたいし」

「僕は思いつかなかったんだけど」

「大丈夫、大輝ならできる。お前はなんだかんだ言ってやれる男だ。俺が保証する」

その心強い言葉はできればもっと違う形で聞きたかった。想像力が豊かな俊也と違って僕は考えてもなかなかアイデアが出てこない。これも恋をしている人間としていない人間の違いなのだろうか。再度考えているとなんともパッとしない案が浮かんだ。

「少し大雑把《おおざっぱ》でもいいかな？」

「もちろんいいに決まってる。それでどんなシチュエーションなんだ？」

「シチュエーションと言えるかどうかは微妙なんだけどさ。授業によってはクラスメイトと協力する場合があるよね。そういう時に、その好きな子と一緒にできたらいいなって思ったんだけど……」

自分でもなんというか具体性に欠ける案だと思う。けれどそれ以外に思いつかなかったのだから仕方ない。俊也は少し僕の話を聞いて考えるそぶりをしてから口を開いた。

「つまり俺に当てはめてみると、音楽の授業でリコーダーの練習をする時に瀬戸さんに教えてもらうってことだな。それいいな！　瀬戸さんに手とり足とり教えてもらいたい！」

あいまいなシチュエーションだったけど、なんとか理解はしてもらえたらしい。ただその自分に当てはめる早さに若干引いたけど。

「それを聞いたら俺も次の音楽の授業めっちゃやる気出てきた！　こうしちゃいられない、俺行くわ。待っててくれ瀬戸さん！」

「待って。実際に授業で瀬戸さんに教えてもらえるとは限らない……」

僕の声が届くことはなく、俊也は勢いよく教室を飛び出していった。

「なにかに熱中すると人の話聞かないんだから……」

俊也がいなくなったので美術室に向かおうと考えていると、その前にやっておかなければならないことを思い出した。

（そうだ。清水さん起こさないと）

隣の席に視線を移す。そこに先ほどまでいたはずの清水さんは既におらず、教室に残っている生徒は僕だけだった。いつの間に清水さんは教室を出たのだろうか。僕は不思議に思いながらも時計を見て授業の時間が迫っていることを確認し、慌てて教室を後にした。

僕が美術室に着いた時には授業が始まるまであと一分くらいしかなかった。俊也は意図していないだろうが、授業に間に合うか間に合わないかのギリギリなタイミングで恋バナを終わらせてくれたらしい。席に着くと、生徒たちは授業が始まる直前だというのにまだざわついていた。聞くつもりがなくても周りの人の話し声が耳に入ってくる。

「本当に清水さんって髪黒くしたんだな」

「なんで染めたのかお前知ってる？」

「知らない。友達にも聞いてみたけどみんな知らないって言ってたよ」

　どうやら話題の中心は清水さんのようだ。芸術科目は二クラス合同で行われていて、別クラスの生徒も一緒に授業を受けている。うちのクラスでは数日経《た》ち落ち着いてきた清水さんのイメチェン騒動も、他のクラスの人からすれば新鮮なニュースであるらしい。

（清水さんは大丈夫かな？）

　こっそり清水さんの方を見る。美術の時の席順では清水さんの席は僕の席の斜め後ろに位置している。清水さんは周りが自分の話をしていることが分かっているようで、そこまで機嫌はよくなさそうだ。席が少し離れているから今はフォローのしようもない。どうしようか悩んでいるとドアが開き美術の先生が入ってきた。

「なんか今日はみんないつもより活気にあふれてるな。授業始めるから今からは少し静かにしてくれよ」

　先生はなぜ生徒が騒がしかったのか分かっていないみたいだ。ただそのことを気にすることもなく授業を開始しようとしていた。

「今日は最初に教科書を読んで、その後に絵を描いてもらう。何を描くかについてはその時に言うから。まずは教科書を読んでいくぞ。教科書の二十三ページ開いてくれ」

先生はそう言うとそのページに載っているいくつかの絵画の解説を始めた。この美術の授業では生徒が当てられて教科書を読むことはほとんどなく、僕たちはただ先生の話を聞くだけだ。淡々と続く先生の解説に集中力が少し切れてきた時、後方から殺気のような何かを感じた。気配の出所を探るべく、先生に気づかれないようゆっくりと後ろを向く。そこには他の生徒が教科書を見ている中で、まっすぐこちらを睨《にら》んでいる清水さんがいた。

慌てて首を前に戻し教科書に目を移す。さっきから感じていた気配はどうやら清水さんからのものだったようだ。僕は清水さんになぜ睨まれているのだろうか。

(睨まれてると思ったけど、清水さんたまたま僕の方を見ていただけなのかな?)

先生の話を聞いているだけのこの時間は少し退屈で、教科書から目を離してしまう気持ちも理解できる。周りをボーッと見ていた時に僕が振り向いてしまったのかもしれない。

僕は真相を確かめるため再び後ろを見た。清水さんは先ほどと変わらず鋭い眼光で僕を見つめていた。清水さんと目が合う。すると清水さんは目を大きく見開いたかと思えばすぐに視線を逸らした。

(勘違いではなかったけど、なんで清水さんは僕の方を見てたんだろう?)

思い当たることがないか考えてみる。清水さんとした会話はいつもと変わらない日常に関してのものだけだ。話をしている時も清水さんに特に変わった様子はなかった。それよりも後となると、さっきしていた恋バナくらいだけど……。

もしかして清水さんは僕と俊也がしていた恋バナがうるさかったから目が覚めてしまい、イライラしているのではないか。それなら僕を先ほどから睨みつけていたことにも納得がいく。

（まだ清水さん怒ってるかな？）

もう一度後ろに目をやると清水さんはなぜか頬《ほお》に両手をつけていた。視線は下を向いていて、心なしか顔が先ほどより赤いように見える。目が合った時から今までの間で清水さんに何があったのだろう。僕が疑問に思っていると頭に軽く衝撃が走った。前を向くと先生が僕の目の前に立っていた。

「おーい本堂《ほんどう》。さっきから後ろ見すぎだぞ。一応試験に出るかもしれないんだからさ、先生の話は聞くふりだけでもしててくれ」

「す、すいません」

美術室にドッと笑いが起こる。先ほど走った衝撃は先生が僕の頭に教科書を乗せたせいだったようだ。先生も笑っていて本気で怒っているわけではないみたいだけど。

「分かればよし。次から気をつけるように。さて教科書の今日の分は読み終わったから、授業の最初に話した、今日描くモデルについて説明していくぞ」

清水さんを気にしているうちにいつの間にか絵画の解説は終わっていたらしい。先生は教室の前にあるスペースに戻ってから説明を始めた。

「今日は二人一組になって、残り時間を使ってお互いのことを描いてもらう」

先生がそう言うと他のクラスの生徒が手を挙げた。

「先生、質問いいですか？」

「どうした？　いいぞ。言ってみてくれ」

「さっき二人一組で描くと言いましたが、ペアになるのは隣の席の人とですか？」

確かにそこについて先生はまだ説明していなかった。確かに隣の席の人と組むのが一番簡単なペアの作り方だろう。先生は頭をポリポリ掻いている。何か考えているらしい。

「先生？」

質問した生徒が待ちかねたのか先生に声をかける。

「よし決めた。今日は自由にペアを作っていいぞ。友達とでもいいし他のクラスの奴《やつ》とでも問題ない。ペアを決めたら隣同士になるように席に着いてくれ。それでは全員起立！」

先生のその発言が終わったと同時に、美術室内にいる生徒全員が立ち上がる。

「制限時間は五分。その間にペアを決めてくれ。決められなかった奴らは五分経ったら俺が強制的にペアを作っていくからそのつもりで。それでは荷物を持ってペア作り開始！」

その言葉と共に生徒たちが一斉に動き始める。友達がここにいてすぐにペアになれた人、知り合いがおらず周りをキョロキョロしている人など、人によって様々な動きを見せている。僕は後者で、ペアになってくれる人の当てがなく困っていた。

（このままだと知らない人とペアになって描くことになるなぁ）

それでもいいかなと思い始めたその時、後方から足音が聞こえた。振り返って見るとそこには清水さんが立っていた。

「なあ、なんか清水さん、本堂のことさっきからずっと睨んでたけど、本堂何かしたの？」

「違うクラスの俺が清水さんのことを知るわけがないだろ。関わり合いにならないようにとっとと離れようぜ」

「そうだな。本堂、ご愁傷様」

周りにいる他の生徒たちは、何かコソコソ言いながら僕と清水さんから露骨に距離を取り始めた。清水さんは口を開きそうな様子がない。僕は自分から聞いてみることにした。

「もしかしてまだ怒ってる、清水さん？」

「怒る？　なんのことだ？」

どうやら先ほど僕を睨んでいたのは、寝ていたところを起こされてイライラしていたからではないようだ。ではなぜ僕は睨まれていたのだろう。まあ怒っていないならいいか。

「僕の勘違いだったみたい。それでどうしたの清水さん？」

「……本堂、お前ペア決まったか」

「まだ決まってないよ。清水さんは？」

「いや、まだだ」

会話が止まる。清水さんは何を僕に伝えたいのだろう。清水さんを見てみる。先ほどまで僕を見ていたはずなのに、今は全然違う方向を見ていて目が全然合わない。

「あと二分切ったぞ。まだペア組んでない奴は急げよ〜」

先生が僕らにそう呼びかける。思ったより時間はないようだ。どうしようかと思っていると清水さんの姿が目に映り、あることが閃いた。

「まだペアいないなら僕とペアになってくれない？」

ペアになるのは誰でもいいと思っていたけど、知っている清水さんがペアになってくれる方が僕としては嬉しい。

「な、なんでお前とペアを……」

「やっぱりダメかな？」

それなら仕方ない。時間はないけど他のクラスメイトを当たってみるしかないか。

「待て。ダメとは言ってない。ちょっとなんというか心の準備が必要だったというか……。と、とにかく私も知らん奴とペア組まされるくらいなら知ってるお前と描く方がいい」

「それならペア組んでくれるの？」

「ああ、まあお前がそこまで言うなら」

そこまで必死にペアを組んでほしいと言った記憶はないけれど、組んでくれるならそれに越したことはない。

「ありがとう。よろしく清水さん」

「おう」

清水さんと隣同士になるように席に座る。教室と同じ位置なのでなんとなく落ち着く。

「時間になったぞ」

先生が美術室を見回す。それにつられ僕も周りを見るが余っている人は見当たらない。

「どうやらみんなうまくペアになったみたいだな。それじゃあ始めていくか。最初にどちらが先に描くか決めてくれ。時間かけずにパパッとな。制限時間は三十秒だ。スタート！」

先生はそう言うと、手をパンと叩《たた》いて時計を見始めた。

「清水さん、先に描きたい？　それとも後からがいい？」

「どっちでもいい。お前の好きにしろ」

正直、僕も順番はどちらでもいい。でも清水さんもそうなら僕が決めてしまおう。

「それなら僕が先に描いていいかな？」

「ああ」

先生が時計から目を離す。どうやら三十秒経ったみたいだ。

「決まったか？　そしたら最初に描く奴はスケッチブックを用意してくれ。後から描く奴は机からイスを少し動かして、最初に描く奴の方に体を向けてやってくれ。描く時間は十分間だ。描かれる方は十分間も止まってなくちゃいけないから、楽な姿勢にしてた方がいいぞ。準備できたら始める」

先生がそう言い終わると生徒の半分はスケッチブックをめくり鉛筆を用意し、もう半分はイスをペアの方に向けて動かしポーズを決めていた。

僕もスケッチブックの白紙のページを開き、美術用の鉛筆を筆箱から出した。清水さんを見ると既に僕の方を向いた状態で座っていた。他のモデルになる生徒がみんな手を膝に置いているのに対して、清水さんは腕を組んでいた。ついでに言うと足も組んでいる。

「清水さんは手、その位置でいいの？」

「こっちの方が楽なんだよ。……お前は膝に手置いてた方がいいのか？」

清水さんが少し不安そうに、僕にしか聞こえないくらいの声でささやく。

「そっちの方が楽なら僕もそれでいいと思うよ」

「そうか。ならいい」

声にはあまり出ていないけど、清水さんはほっとしているように見えた。

「みんな準備できたみたいだな。それではスタート！」

先生のそのかけ声と共に、僕を含めた最初に描く方の生徒たちは一斉に手を動かし始めた。

僕はまず大雑把な全体像を描いていくことにした。ジッと清水さんを見つめる。ツヤのある綺麗《きれい》な黒いロングヘアにスラリと伸びた手足、背丈も女の子の中では高い方で、改めて見るとモデルさんと言われても納得してしまうスタイルの良さだ。足を組んでいることもあり、その健康的な脚部に自然と目が行く。

「おい本堂、手が止まってるぞ」

「あ、ごめん」

声をかけられハッとする。清水さんを眺めることに夢中で手を動かしていなかった。刺すような視線を感じる。僕が清水さんの足をじっと見つめていたことに気づいていたのかもしれない。

急いでスケッチを描き進める。制限時間の半分も経たないうちに大まかな全体像を描き上げることができた。ただ、早さを優先したために細かい部分は省略してしまっていた。その省略した箇所の一つである顔を描くために、僕は清水さんの顔に視線を移した。

（やっぱり綺麗だな清水さん……）

眼《め》はつり目でその上にあるまつ毛は長い。鼻や唇など他の顔のパーツ一つ一つも整っていて、その顔を見た人は全員が綺麗とか美しいと感じるのではないだろうか。実際、俊也曰《いわ》く容姿は良いから、あの性格でさえなければ付き合いたいと考えている男子は意外と多いのだという。

詳しく描くために清水さんの顔を見ていると、清水さんが突然顔を横に向けた。

「清水さん？　今ちょっと顔を描いているから動かないでほしいな」

「だって……お前が……」

唇の動きから清水さんが何か言っていることは分かるが、声が小さくて何を言っているかまでは分からない。

「ごめん、清水さん。もう一度言ってもらえるかな？」

「むぅ」

清水さんが顔をこちらに向け視線で抗議してくる。僕の方に顔を向けてくれている今が描くチャンスかと思ったが、今の不機嫌そうな顔を描くと後で清水さんに怒られる気がする。

「と、とにかく顔は最後にしろ。こっちにも色々あるんだよ」

「分かった。別のところを先に描くね」

本当はあまりよく分かってないが清水さんにも何か事情があるらしい。仕方がないので、僕は首から下を先に描くことにした。視線を少し下に向ける。人の頭よりも少し下には首、更にもう少し下には胸部がある。僕の視線は自然と清水さんのその胸に移動した。清水さんは現在腕組みをしていて、その存在感のある胸部が余計に存在感を放っている。

「お、おい本堂。お前、そんな真剣な目でどこを見てんだ！」

僕の見ている部分に気づいた清水さんが声を上げる。

「どこって……首の少し下を」

あなたの胸を見ていましたと正直に言う度胸を僕は持ち合わせていなかった。清水さんが自分の胸部を隠すように両腕を移動させる。

「なんでそんなところ見てんだ！」

「清水さんが顔以外を先に描いてっていうからその少し下を描こうと思って。他意はないんだよ。本当にごめん！」

謝ると自分の非を認めることになる気がするけど、でも謝罪以外にこの場をうまく収める方法が思いつかない。僕は精一杯の誠意を込めて謝った。

「本当に他意はないのか」

「うん」

「一ミリもないって言いきれるか」

「うん。ないよ」

「そうか……」

清水さんはなんで残念そうなのか。異性からのよこしまな視線って嫌だと感じるものではないのか。もう一度考える。僕は清水さんの胸を見た時に本当に何も感じなかったか。

いや、正直なところ、不意打ちだったこともあって少しドキッとしてしまった気がする。

「ごめん清水さん。僕嘘《うそ》ついた」

「えっ」

「他意はないって言ったけど、本当は一ミリ……いや二ミリくらいありました。ごめん」

清水さんに向かって頭を下げる。このことで後悔したくないから、今のうちに清水さんに怒られてでも謝ってしまいたかった。ゆっくり頭を上げると清水さんが僕を見ていた。

「お前は私のその……そこを見てちょっと色々考えたと」

「う、うん」

「ま、まあ今回は許す。私もちょっと神経質だったし……。さっき見てたところも、そういう目で見ないなら描く時に見てもいい。ただ条件がある」

「何かな？」

「次から動かないようにするから私のことちゃんと描け……」

清水さんは少しいつもより小さな声で僕にそう言った。

「分かった。任せて」

僕は残り時間で、先ほどまでよりもっと頑張って清水さんを描こうと心に決めた。

「あと三分だ。まだ時間は残ってるけど遅れてると思う奴は少し急げよ」

先生が残り時間を告げる。あの会話の後、僕は順調にスケッチを進めていた。清水さんも宣言通り動かずにいてくれた。いよいよあとしっかり描いていない箇所は顔だけになった。

「清水さんこれから顔を見るけどいいかな？」

念のため確認をとる。一応顔も大まかには描いているから、残り時間を使って描けば清水さんの顔を直接見なくてもそれなりのクオリティにはなる。

「お、おう。来い！」

どうやら清水さんも覚悟を決めたようだ。なぜそこまでの覚悟を必要とするのかはまだ分からないけど。

「それじゃあ描いていくね」

清水さんの顔を見る。その表情は強張《こわば》っていて、眼光は見る者を射殺さんばかりに鋭い。

「もう少しリラックスしようか、清水さん」

このままだと、すごい剣幕《けんまく》でこちらを睨みつける清水さんを描くことになってしまう。

「なんだよ。わ、私が緊張してるって言うのか？」

「そうだと思ってるんだけど……」

逆に緊張でなければ、なんでそんなに表情が強張っているのか分からない。

「ちょっと待て」

「分かった」

清水さんはゆっくり目をつぶり数秒ほどしたのち、目をカッと見開いた。

「どうだ？」

「あまり変わってないかな……」

「本気で言ってんのか？」

「ここで嘘はつかないよ」

「ぐぬぬ……」

清水さんは悔しそうな表情をしている。

「ふふっ」

「何が面白いんだよ。こっちは真剣にやってんだぞ」

思わず笑ってしまった。清水さんはまじめにやっていたのを笑われたと解釈したらしい。誤解は早いうちに解いておかなければ。

「いや、出会った頃は、こんなに清水さんが色々な表情をすると思わなかったからさ。清水さんと話すようになってよかったなと思って」

「なっ、お前」

清水さんの顔がみるみるうちに赤くなっていく。そんな恥ずかしいことを言ったつもりはなかったのだけど。

「……お前、誰にでもそんなこと言ってるのか？」

清水さんがジトッと僕を見つめてくる。僕はどういう人間だと思われているのだろう。

「こんなこと言ったのは清水さんが初めてだと思うよ」

「……ならいい。ほら、残り時間も少ないしとっとと描け」

そう言った清水さんの表情からさっきまでの強張りはなくなっていた。僕はその表情が変わらないうちに、と大急ぎで鉛筆を走らせた。

「十分経ったぞ。まだ時間欲しい奴はいるか？」

美術室を見回すが、手を挙げている人は見られない。

「みんな時間内に描けたみたいだな。そしたら少し休憩するか。先生が始めるって言うまで少し休んでていいぞ」

その声と共に美術室が騒がしくなる。知り合い同士でペアを組んでいる生徒が多いから、いつもより近くの人と会話している人が多い。

「清水さんお疲れ様」

「おう」

「モデルしてくれてありがとね」

途中何度かハプニングはあったけど、最終的にはスケッチを無事完成させることができた。これは清水さんが協力してくれたおかげだろう。

「……ああ」

「大丈夫？」

清水さんは少し疲れているように見える。絵のモデルは思っていたより大変らしい。

「これくらいなんてことねえ。それより描いた絵見せろ」

「分かった。はい、どうぞ」

持っていたスケッチブックを清水さんに手渡す。清水さんはスケッチブックを受け取ると、先ほどまで描いていたページをまじまじと見た。

「どうかな？」

美術部の人ほどではないと思うが、僕も絵を描くのは好きな方だ。十分間で精一杯描いたつもりだけど、清水さんの目にはどう映っているのだろうか。

「……いいんじゃねえか。私から見ても私だってすぐに分かるし」

その言葉を聞いて胸をなでおろす。これで全然似てないとか言われたら、頑張ってくれた清水さんに対して謝らないといけないところだった。

「良かった。そう言ってくれて嬉しいよ」

「ただ一つ聞いていいか？」

「何が気になるの？」

「なんで頬のところ薄く色塗ってるんだ？」

何を聞かれるか不安だったけどそれなら答えられる。

「清水さんの顔を描いてる時ずっと赤かったから、軽く色つけたんだよ」

「なっ」

清水さんは頬に両手で触る。どうやら自分では気づいてなかったようだ。

「……本堂、お前このこと人に言うなよ」

「えっ？　うん、分かった」

清水さんにとっては知られたくないことだったらしい。これは僕の記憶の中だけに封印しておこう。別に誰かに言うつもりもなかったけど。

「休憩終了だ。次は描く奴とモデルを逆にしてもう一回十分間で描くぞ。準備してくれ」

先生のその声を聞き、美術室にいる生徒たちが準備を始める。

「今度は僕がモデルの番だね。何かしてほしいポーズとかある？」

「別にどんな体勢でもいい」

特に指定がなかったので、膝に手をつけ清水さんの方を向いて座る。

「準備できたか？　それではスタート！」

開始の宣言と共にまっすぐ清水さんの目に視線を合わせる。視線に気づいた清水さんはスケッチブックを盾にして顔を隠した。

「清水さん？」

「そんな真剣な目で見つめてくるんじゃねえ……」

「まだ視線に慣れてなかったの？」

結局清水さんが僕の顔のスケッチを始めたのは、残り時間が半分を切ってからだった。

第二章　清水さんと調理実習

「さて今日も恋バナ始めようぜ」

朝、自分の席に着くと早々に、俊也《しゅんや》が僕のところまで来て声をかけてきた。

「俊也、サッカー部の朝練は？」

「もう終わった」

「また恋バナするの？」

「まだまだ聞きたいことがあるからな」

「いいけどまだ話すことある？」

「もちろん。俺からも教えるから頼むよ」

俊也が顔の前で手を合わせる。既に俊也には好きな人教えてもらったから、僕が聞きたいことはもうないのだけど。いつもの癖で周囲を確認する。どうやら僕たちの話に耳を傾けている人はいないみたいだ。清水《しみず》さんが隣の席に既にいるのが少し気がかりだけど、イヤホンをつけスマホをいじっていることから僕たちの話を聞いているとは思えない。

「まあいいや。それで今日は何が聞きたいの？」

「大輝《だいき》は清楚《せいそ》な女の子がタイプなのはもう分かった。今回はそんな子にしてほしいことを聞いていきたい」

「してほしいこと？」

「そうだ。健全な男子なら好きな子にしてほしいことの一つや二つあるだろ？」

「そうかな」

正直あまりピンときていない。

「そうなの。今日は大輝の欲望をさらけ出してもらうぞ」

俊也の顔にはニヤリと表現するのがふさわしい笑みが張り付いている。

「言い方、もうちょっとなんかなかったの」

「そんな顔すんなって。まあいきなり言われても出てこないだろうから俺から話すか。俺がしてほしいことは、サッカーの試合の時に応援してもらうことだ。運動部の男子なら好きな子に応援してもらうのって夢だろ？」

「それはちょっと分かるかも」

確かに頑張っている時に好きな子から応援されたいという気持ちは、運動部ではない僕にも理解できる。

「分かってくれて良かった。こんな感じで好きな子にしてほしいことを考えてみてほしい」

「了解。ちょっと時間もらうね」

「オッケー。まだホームルームには時間あるし、じっくり悩んでくれ」

好きな人にしてほしいことか……。考えてみるが何も思いつかない。

「うーん。思いつかないな」

「無欲かよ。してもらいたいことないのか？」

別に欲がないわけではないけれど、わざわざ人にしてもらうほどのことが思いつかない。

「輝乃《きの》になら、してほしいことあるんだけどね」

「妹にしてほしいことを言ってもしょうがないだろ。輝乃ちゃんも相変わらずみたいだな」

「少しでいいから僕の家事を手伝ってほしいな」

「それ、兄ちゃんというか母さんみたいな願いだな」

僕には輝乃という中学三年生の妹がいる。うちは両親が共働きで遅くまで帰ってこないから、平日の夕食作りなどの家事は僕がしているのだけど、輝乃はあまり積極的に手伝おうとはしない。ゲームやアニメ鑑賞はいつも一緒にするので兄妹仲自体は悪くないと思うから、多分単純に家事が面倒くさいだけなのだと思う。

「あっ」

そんなものぐさな妹のことを考えていると、さっき聞かれたお題の答えを思いついた。

「どうした？」

「してほしいことあった」

「おお！　それはなんだ？」

「一緒に料理してほしい」

僕がそう言った瞬間、なぜか清水さんがスマホをいじる指が一瞬止まった。

「それって輝乃ちゃんにしてほしいことじゃないか？」

俊也が呆《あき》れた顔で僕を見てくる。

「確かに輝乃にも料理手伝ってほしいけどね。普段一人で夕食作ってるから、誰かと一緒に料理したいって思ってさ」

平日は一人で夕食を作るし休日は両親が二人で食事を作ってくれるから、僕が誰かと料理をする機会はほとんどない。だから前々から誰かと一緒に料理することに憧れていた。

「なるほど。そういえば前の恋バナで、好きな子と一緒に何かしたいみたいなこと言ってたよな。ということは大輝的には料理できる女の子が好みなわけか」

「そうかも」

そこまで料理が上手《うま》くなくても、一緒に料理してくれるだけで嬉《うれ》しいけど。

「なんか一緒に作りたい料理とかあるのか？」

「そこまでは考えてなかったけど、作るとしたら普通の家庭料理かな」

手伝ってくれる人がいるなら楽しく料理したいから、作りなれた料理の方がいい気がする。

「カレーとかハンバーグとか？」

「うん。そんな感じ」

「ふむふむ。いいぞ。妄想が具体的になってきた」

僕の話を聞いているだけなのに俊也はなぜか嬉しそうだ。ふと清水さんの方を見てみるとスマホを素早くタップしている。音ゲーでもしているのだろうか。

「大輝どこ見てるんだ？」

「あ、ごめん。話続けて」

「ああ、分かった。ただ今の話だと、好きな子にしてほしいことってよりは一緒にしたいことって感じで、前に考えた時と少し被るな。何か他にしてほしいことないのか？」

「他にしてほしいこと……。難しいな」

さっきのように輝乃にしてほしいことから考えてみるが、どれも何か違う気がする。

「大輝が思いつかないなら俺もシチュエーションを考えるか……。そうだ、さっきの話から繋《つな》げて料理作ってもらうのはどうだ」

「それだったら僕も手伝いたいな」

「まあ大輝ならそうなるよな……」

俊也が目をつむり、ああでもないこうでもないとうなっている。数十秒ほどそうしていると勢いよくカッと目を見開いた。

「いや、待てよ。手作り弁当ならどうだ」

「手作り弁当？」

「そうだ。大輝っていつも昼飯は購買で買った惣菜《そうざい》パンだろ？」

「そうだけど」

我が家は全員夜型で、朝に非常に弱くお弁当を作る時間が取れない。そのため僕はいつも昼食を購買で買ったパンで済ませていた。

「だったら好きな子が作ってくれたお弁当は、さすがに大輝も興味あるんじゃないか？」

「それは……そうかも」

自分だけが食べる食事にはそこまでのこだわりがないから普段は惣菜パンを食べているけど、たまに人のお弁当をうらやましく思う時はある。だから好きな人からお弁当を貰《もら》ったらきっと嬉しいはずだ。

「だよな！　好きな子の手作り弁当憧れるよな！」

「う、うん」

俊也のテンションが目に見えて上がっていく。

「瀬戸《せと》さんの手作り弁当……。それに好きな食べ物なんて入ってたら、もう想像するだけでやばい」

　テンションが上がりすぎて俊也は半分妄想の世界に浸《ひた》っていた。本人は完全に無意識だろうけど、瀬戸さんの名前を出してしまっている。幸い周りは僕たちの会話を気にしていないようだけど。

「大輝はお弁当に何入ってたら嬉しい？　俺はオムレツ」

「僕はしょうが焼きかな」

「いいね。夢が広がるな。俺は瀬戸さんが料理できてもできなくても変わらずに好きだけど、手作り弁当くれたら嬉しくて多分泣いちゃうな」

　どうやら俊也の瀬戸さん好きは筋金入りらしい。僕はそこまで誰かを好きになった経験がないから尊敬する。本人には調子に乗りそうだから言わないけど。

「お弁当作ってもらえたらいいね」

「ああ、叶《かな》えたい夢の一つだ」

　夢を語る俊也はいつも本気だから、今回の夢も全力で叶えるつもりなのだろう。そんなことを考えているとホームルーム五分前を告げる予鈴が鳴った。

「あれ、もうこんな時間か」

「時間切れみたいだね」

「まだまだ話したいことは残ってるのに残念だ。しょうがないから戻るか」

　俊也はしぶしぶ自分の席に向かい歩いていった。周りを見ると清水さんが熱心にスマホをタップしていた。まだ音ゲーを続けているのか。もう少しでホームルームだからスマホをしまった方がいいと思う。そう清水さんに言おうか迷っていると、俊也が何を思ったか途中で僕の席まで戻ってきていた。

「今思い出したけど、大輝の誰かと一緒に料理したいって願い明日叶うじゃん！」

「明日なんかあった？　……あっ」

最初は何を言っているか分からなかったけど、時間割を見て思い出した。

「そう！　調理実習だよ！」

そうだ。明日は調理実習の日。数少ないクラスメイトと一緒に料理が作れる日だった。

※　※　※

「くっそー。瀬戸さんと同じ班なら瀬戸さんの手料理食べられたのに」

「調理実習は班員で作業を分担するから、瀬戸さんの手料理って言えるか微妙なラインだけどね。というか俊也、自分の班に行きなよ」

調理実習当日、俊也は僕の隣でエプロンを着ながら己の不幸を嘆いていた。俊也の顔を見るに本気で悔しそうだ。

「大輝、少し冷たくないか。友が悲しんでいるんだから慰めてくれよ」

言葉を慎重に選ばなければ俊也のメンタルを容易に傷つけてしまいそうだ。エプロンを着ながら脳をフル回転させる。

「俊也は自分のために作ってもらいたかったんでしょ？　だったら今回の調理実習の料理はちょっと違うんじゃない？　今は食べられなくても、後から俊也のために作ってもらった料理の方が意味あると僕は思うな」

「だ、大輝！」

俊也の表情がパッと明るくなる。

「そうだよな。俺のために作ってもらうからこそ意味があるんだよな！　元気出てきた！　ありがとな大輝！」

「元気になったらなによりだよ」

一件落着と思った次の瞬間、調理室のドアがガラッという音と共に勢いよく開いた。そこにいたのは紛れもなく清水さんだった。

「清水さんがどうしてここに？」

「バカ、清水さんに聞かれるぞ」

調理室中のクラスメイトがざわつく。なぜみんながこれほど驚いているのか。それは普段、清水さんが家庭科の授業に滅多《めった》に来ないからだ。特に調理実習など他の人と協力する作業がある授業では、清水さんの姿を見たことがない。それなのになぜ清水さんが進級できたのかは、事情通の間でも意見が分かれているらしい。

「大輝、俺、自分の班行くわ」

横を向くと俊也は既におらず、代わりに清水さんが僕の近くに来ていた。俊也も他のクラスメイトと同様に清水さんを恐れているから、自分の班に逃げたのだろう。

調理実習の席は教室での席の位置と対応している。だから僕と清水さんは同じ班の班員同士なのだけど、今まで清水さんが家庭科の授業に来なかったので忘れてしまっていた。

僕は隣にいる清水さんに視線を向けた。

「清水さん」

「な、なんだよ」

エプロンを着終わった清水さんが僕の方を向いて睨む。

「同じ班だから今日は一緒に頑張ろう。それとそのエプロン似合ってるね」

「おう……」

よかった、いきなり調理実習に来たから少しびっくりしたけどいつもの清水さんだ。

僕が安心していると家庭科の先生が調理室に入ってきた。先生は清水さんがいることに一瞬驚いたように見えたけど、すぐに元の表情に戻った。

「はい、みんな着替えて待っていてくれたみたいですね。今日は前から言っていたように肉野菜炒《いた》めを作ってもらいます。班ごとに役割を分担して安全に調理を行ってくださいね」

「はーい」という声が調理室に響く。こうして僕たちは先生の指示に従って調理の準備を始めたのだった。

調理実習を開始してからしばらく経《た》ち、僕たちの班は食材を切る段階まで進んでいた。

「食材を切る係は誰と誰だっけ？」

「僕だけだよ」

教室では僕の前の席に座っている今野《こんの》君の質問に答える。

「あれ、食材切る係は二人いなかったか？」

「僕たちの班は人が少ないから、切る係は僕だけになったんだよ」

「ああ、そういえばそうだったな」

正確には本来の人数は他の班と変わらない。ただ班員の一人である清水さんがいないから、その分だけ少なくなっていたのだった。誰かと一緒に調理できると思っていたから、一人だけで食材を切ることになって少し残念だったことを思い出した。

「おい」

「し、清水さん？　ど、どうかしましたか？」

清水さんの突然の発言に今野君は青ざめ、もうパニック寸前だ。

「どうしたの？」

「私もやる」

「はい？」

今野君は信じられないことを聞いたような表情をしている。

「だから私も食材を切るって言ったんだ。元は二人でする作業なら、担当する作業がない私がしたっていいだろ。それに何かしないとサボり扱いになりそうだし……」

やや早口だったが、要は清水さんが食材を切る作業を手伝ってくれるということだろう。ただそうなると一つ気になることがある。

「一緒にやってくれるのは嬉しいんだけど、清水さんって包丁使ったことある？」

「……問題ねえ」

今の間はなんだろう。言葉にできない不安を感じた。

「もう一度聞くけど清水さん包丁ちゃんと使える？」

「……問題ない」

再度聞いても回答までの間はなくならない。清水さんに目を合わせようとしてもそっぽを向いていて合わない。不安になるけど本人のやりたい気持ちは尊重したい。

「分かった。みんなもそれでいいかな？」

他の班員に確認すると全員こくりと頷《うなず》いた。中にはほっとした表情の人もいる。おそらく清水さんと同じ係になりたくなかったのだろう。

「それじゃあ決まりだね。よろしく清水さん」

「お、おう」

こうして僕だけが担当だった食材を切る作業を、清水さんが手伝ってくれることになったのだった。


「清水さん、まずはキャベツをちょうどいい大きさに切ってくれる？」

「分かった」

今回切る食材はキャベツ、玉ねぎ、ニンジン、豚バラ肉の四種類だ。どれから清水さんに切ってもらうか少し悩んだけど、最初はキャベツを切ってもらうことにした。

僕は何から切ろうかな。豚バラ肉は最後に切るとして、硬くて切りにくいニンジンからにしようか。そんなことを考えながらふと清水さんの方を向くと、そこには逆手持ちで包丁を手にした清水さんがキャベツを眺めていた。

「清水さん？　一旦包丁置こうか」

「……え？　おう」

清水さんは頭の上にクエスチョンマークを浮かべながらも素直に指示に従ってくれる。

周囲を見回す。幸いクラスメイトは作業や話に夢中でこちらを見ていなかったようだ。危なかった、清水さんの包丁の持ち方を誰かが見ていたら悲鳴が上がっていたかもしれない。

「清水さんに聞きたいんだけど、さっきは何をしようとしてたのかな？」

「何ってキャベツ切れって言っただろ？」

清水さんは不思議そうな表情をしている。

「確かにそう言ったけど、なんで包丁をさっきみたいに持ってたのかな？」

「持ち方？」

「うん。キャベツとかを切る時って基本的にこう持つよね」

包丁を通常の持ち方で持ち、清水さんに見せる。清水さんは僕の包丁の持ち方をじっと見ると同時にその顔は急速に赤くなっていった。

「き、緊張してたんだ。いつもはそんな感じで持ってる」

「確かに人の前で料理するのは緊張するよね」

包丁を元の位置に置く。緊張して包丁を逆手持ちするのは初めて見たけど、きっと世の中にはそういう人もいるのだろう。

「そうだ、少し緊張しただけだ。それで持ち方は分かったからキャベツ切ってもいいか？」

「大丈夫だよ。分からないことがあったら聞いてね」

「分かった」

清水さんは包丁を今度は普通に持ち、キャベツ一玉をもう一方の手で鷲摑みにした。そして包丁の刃をキャベツの端に近づけた。

「清水さんストップ！　ちょっと待って！」

「今度はなんだ？」

清水さんが、なんでという顔をしながら包丁を置く。

「色々言いたいけど、まずキャベツをどんな風に切ろうとしたの？」

「キャベツっていったら千切りだろ」

その目は澄み切っていて、冗談で言っていないと一目で分かった。

「その認識も間違いじゃないけど、今回は肉野菜炒めに使うから千切りじゃないいんだよ」

「そうなのか？」

僕が清水さんの方を見ていなかったら、うちの班は「肉野菜炒めキャベツの千切りを添えて」になるところだったみたいだ。

「それならどれくらいの大きさに切るんだ？」

「キャベツを切る大きさは後で僕が実際に切って教えるね。次にキャベツの切り方だけど、そのままの状態で切ると丸くて不安定で危ないから最初に、半分に切るんだよ」

「……なるほど」

これも知らなかったみたいだ。本当にケガする前に見つけられてよかった。

「切り方は分かった。キャベツ切っていいか？」

「うん。気をつけて切ってね」

清水さんが三度包丁を握る。見ているこちらも緊張してくる。清水さんはキャベツを左手でしっかり固定しキャベツの真ん中に刃を入れ、難なく両断した。

「これでいいか？」

清水さんはどこか不安げだ。僕の二度にわたる指摘が原因かもしれない。

「うん、大丈夫。綺麗《きれい》に切れたね」

「そうか……。ならいい」

清水さんはほっとしたように見える。心なしか顔も少し赤くなっている気がする。

「うん。この調子で切っていこうか」

「お、おう」

この後も何度かアドバイスはしたけど、清水さんはなんとかキャベツを切り終えることができたのだった。

「次は玉ねぎか……」

清水さんの表情はどこか不安そうだ。

「キャベツも切れたから玉ねぎも大丈夫だよ」

ニンジンと豚バラ肉は既に僕が切ったから、玉ねぎを切り終われば僕たちの作業は終了だ。

「じゃあ切るぞ」

そうだ、さっきは言わなかったけど、包丁を使う時の手の添え方を教えておかないと。

「清水さん、猫の手って知ってる？」

「猫の手？」

「包丁を使う時に食材に添えてる方の手を間違って切ったりしないように、添えている手は猫の手の形にしておくんだよ」

「猫の手ってどんな形にすればいいんだよ？」

もちろん指を軽く折りたたんだ状態だけど、口で言っただけでは伝わりづらい気がする。僕は左手を猫の手にして清水さんの前に突き出した。

「これが猫の手だよ。清水さんもやってみて」

清水さんは僕の左手を見て、ぎこちない動きで左手を猫の手にした。

「こうか？」

自分の手の形を見るために清水さんは顔の横に猫の手を添えているから、あざといポーズをしているようにも見える。本人は完全に無自覚だろうし、言ったら怒りそうだから口には出さないけど。

「おい、違うのか」

「ごめん、それでオッケーだよ」

慌てて返事をする。この動揺が伝わっていなければいいけど。

「気をつけて切ってね。あと猫の手を忘れないで」

「おう」

清水さんの持つ包丁が半分に切られた玉ねぎに下ろされた。

「切ったけどこれでいいか？」

「うん。大丈夫。ただ安全に切るために、もう少し猫の手の位置を変えた方がいいかも」

「手をどこに置けばいいんだよ」

包丁の腹に左手の中指か人差し指が接するように、と話しても伝わらない気がする。どう表現すればいいだろうか。言葉じゃなくて直接やって見せた方が早いかな。

「僕が玉ねぎ少し切るから見ててくれる？」

「ああ」

そうして何度か説明しながら切ってみたけど、うまく清水さんには伝わらなかった。

「どうしよう」

「私が間違ってるのはなんとなく分かるけど、正解がよく分からねえんだよ……」

言葉だと難しい。見ただけでは伝わらない。そうしたらあと残っている方法は、実際に体験してみることくらいか。

「清水さん、ちょっと手触ってもいい……」

僕が全て言い終わる前に、清水さんは包丁を置き素早く両手を顔の前に引き寄せた。

「お、お前、私に何する気だ」

「猫の手を添える位置を清水さんの手を持って教えようかなって。でもごめん。嫌な気持ちにさせちゃって」

あまり気にしていなかったが、人に触られるのは嫌という人も大勢いるだろう。清水さんには申し訳ないことをしてしまった。

「別に嫌って……」

清水さんが何か言ったようだったけど、声が小さく聞き取れなかった。

「……いい」

「清水さん？」

「いいって言ったんだ。だから私の手を触って教えろ」

「本当にいいの？」

「二言はねえ。早く教えろ」

僕よりも清水さんはよっぽど潔い。いいというなら僕が遠慮するわけにはいかない。

「分かったよ。清水さんがいいならそうするね」

急いで僕は清水さんの後方に移動した。

「清水さん触るよ」

「来い」

清水さんの手の上にゆっくり僕の手を置く。

「ひゃっ」

予想外の悲鳴を聞き、班員の視線が僕たちに集まる。

「……見せ物じゃねえ」

清水さんが周囲の班員を睨みつける。その声を合図にみんなの視線が散った。どうやら先ほどの悲鳴は聞かなかったことにするらしい。

「大丈夫？　清水さん、やっぱり無理してない？」

「問題ねえ。さっきは少し不意を突かれただけだ。もう油断しねえから早く触れ」

「分かった。いくよ」

触ると言ってから触って不意を突くも何もない気がするけど、本人が言うのならそうなのだろう。僕はもう一度清水さんの手に触れる。今度は悲鳴が上がることはなかった。

「……それでどうすればいい？」

清水さんの声はなぜか先ほどより少し小さい。清水さんの後ろにいるから表情は窺えないが、耳が少しだけ朱を帯びているように見えるのは気のせいだろうか。

「包丁持ったよね。玉ねぎの切りたい部分に包丁の刃を乗せてみて」

「おう」

清水さんが僕の指示通り包丁の刃を次に切る予定の箇所に乗せた。

「そうしたら手を添える位置はここ」

僕は清水さんの左手を玉ねぎの上に動かした。

「おう。じゃあ切るぞ」

「僕の手が邪魔になるなら離そうか？」

「……そのままでいい」

そう言うと清水さんは包丁の刃を下ろし玉ねぎの切断に成功した。

「いい調子。次はどうすればいいか分かる？」

「包丁の位置がここだから左手はここか？」

清水さんが僕の手ごと自分の左手を動かす。

「うん。僕もそこでいいと思う。それが分かったらもう大丈夫かな」

「……邪魔じゃないからそのままでいい」

「え？」

「だからそのままでいい」

「う、うん。分かった」

清水さんの気持ちは完全には分からないけど、まだ不安が残っているのかもしれない。

僕は清水さんがいらないというまで補助を続けることに決めた。

「それじゃあ続けてもらってもいいかな」

「ああ、いくぞ」

その声はなんだか少しだけ楽しそうに聞こえた。その声と共に包丁が動き始める。

「ここでいいか？」

「うん。大丈夫だよ」

清水さんが僕に確認を取りながら少しずつ作業を進めていく。包丁を止めている間、ふと清水さんの耳を見ると、そこは熟れたトマトのように赤くなっていた。

「清水さん大丈夫？　耳が赤いけど」

「は？　そ、そんな赤くねえ！」

「いや、赤いって。鏡とかないから今は見せられないけど」

「それは……」

こんなに近くにいるのに、清水さんのそのささやきは僕の耳まで届かなかった。

「とにかく私は大丈夫だ！　ほら遅れてんだから作業進めるぞ」

「清水さんが平気ならいいや。じゃあ再開しようか」

結局、玉ねぎを切り終えるまで僕の手が清水さんの手から離れることはなかった。

「清水さん、肉野菜炒めおいしくできてよかったね」

調理実習を終えた昼休み、僕たちは調理室で作った肉野菜炒めをみんなで食べていた。

僕と清水さんが食材を切った後は、残った班員のみんなが上手に炒めたり味付けしたりしてくれたおかげで、肉野菜炒めは無事にできあがった。

「まあよかったんじゃないか」

隣で食べる清水さんも肉野菜炒めの出来栄えに満足しているみたいだ。

「それならよかったよ」

「……本堂《ほんどう》、一ついいか」

肉野菜炒めを食べ終えた清水さんが顔を僕の方に向けた。

「どうしたの？」

「私と一緒に調理してどうだった？」

この質問にはどういう意図があるのだろう。清水さんの顔を改めて見る。その表情にはわずかながら不安が感じられた。もしかすると清水さんは自分が役に立てなかったと思っているのかもしれない。どう答えれば不安を取り除けるのか。

「正直、最初は結構怖かった。清水さんにケガさせちゃいそうで」

「うっ」

思うところがあるのか、清水さんが僕から視線を背ける。

「だけど最後は清水さんが僕と一緒に調理してくれて嬉しかったな」

清水さんが僕の方に顔を向け目が合う。

「清水さんが一生懸命やってくれたから、一緒にやっててとても楽しかった。よければまた調理実習の時に一緒にやってくれないかな？」

なんだか結局思っていたことを全て口に出してしまった。清水さんは一体どう思っているのだろうか。十秒ほど待っていると清水さんが口を開いた。

「ど……」

「ど？」

「どうしてもって言うならまた一緒にやってもいい」

「ふふっ」

「な、なんで笑ってんだよ！」

しまった。思わずこらえきれなくて笑ってしまった。

「いや、断られると思ってたからさ。それじゃあ次もよろしく、清水さん」

「お、おう。しょうがねえな」

清水さんが腕を組んで答える。僕は次の調理実習が少しだけ待ち遠しくなった。

「こんなはずじゃなかったのに……」

自室で枕に埋もれながら、誰に言うでもなく思わずそう口にする。私はベッドの上で今日の調理実習について思い返すことにした。

今日の調理実習に出た目的はあの男……本堂大輝《ほんどうだいき》と一緒に調理することだった。同じ班だったため、一緒に調理する機会は思っていたより簡単に作ることができた。当初の計画では、一緒に作業する過程で調理がうまいことをアピールする予定だった。計算外だったのは思っていた以上に本堂が調理慣れしていて私の調理の腕が壊滅的だったことだ。

(まさかあそこまで差があるなんて……)

確かに普段調理は全くしないし前までの調理実習はサボっていたから、後から呼び出され家庭科の先生と二人で調理をしていた。だけど包丁で切るくらいなら楽勝だと始める前の私は思っていた。結果として私は本堂にずっと教えてもらっていて、全然調理できるところを見せられなかった。最初の想定とは大分異なっていて今回よかったことは……。

（アイツの手、思ったより硬かったな）

ハッとして頭をブンブン左右に振る。

本堂の手がゴツゴツしていて、思っていたよりも男らしかったからなんだというのか。

確かに異性に手を触られた経験など、他に幼い頃に父に触れられた記憶くらいしかないが、別にどうということはない。

（それに一緒に調理して嬉《うれ》しかったって……）

再びハッとしてベッドの上をゴロゴロ転がる。

本堂は私以外と調理しても嬉しいと言ったに違いない。本堂の一言で何を自分は浮かれているのか。

自分の頬を両手で軽く叩《たた》く。

もう終わってしまったことは仕方ない。大事なのはこれからどう巻き返すかだ。どうにかして私が料理下手ではないと分からせてやらねば。

問題はその方法だ。調理実習はもうしばらくないから、何か別な機会を作り料理ができるとアイツにアピールする必要がある。方法について以前スマホにメモした内容を見ながら考えていると、以前に本堂と松岡《まつおか》がしていた恋愛トークを思い出した。

『だったら好きな子が作ってくれたお弁当は、さすがに大輝も興味あるんじゃないか？』

『それは……そうかも』

本堂は手作り弁当に興味があるか松岡に聞かれ肯定していた。

ならば弁当を作り本堂に渡せば喜ばれ、更に料理の腕もアピールでき一石二鳥ではないか。我ながらいい案が浮かんだと思ったが、同時にとある問題も浮上した。

（いきなり手作り弁当を渡すって変だと思われないか？）

漫画では女子から好きな男子に作った弁当を渡すシーンは見たことがあるが、現実でそれはありえることなのだろうか。少なくても私は見た記憶がない。でも私が見ていないだけで、現実でも起こっているのかもしれない。

自分だけでの判断が難しいと思った私は、人に意見を聞いてみることに決めた。


「おい、愛《あい》、いるか」

自室から出て隣の部屋の前まで来た私は、ドアをノックしながら部屋の主に語りかける。

すると部屋の中から足音がした後にドアがゆっくりと開いた。

「あれ、圭《けい》、どうしたの？」

ドアの隙間からこの部屋の主である姉の愛が不思議そうな顔を見せた。

「少し聞きたいことがあって……」

「えっ、圭から私に質問があるなんて珍しいね！　これは明日には空から何か降ってくるかも！　とりあえず部屋の中に入りなよ。お菓子もあるよ。ささ、入って、入って」

「うるせえ！　とりあえずその手を離せ！」

部屋に引きずりこもうとする愛の手を振り払う。愛の相変わらずのマシンガントークにげんなりする。もう既にこの姉のところに聞きにきたことを後悔してきた。

「少しって言っただろ。ここでいい」

「いいの？　廊下だとお父さんとかお母さんに聞かれるかもよ。聞かれて大丈夫な話？」

「ぐっ」

別に悪事を働くわけではないが、この話を知る人はなるべくなら少ない方が望ましい。

「……話が終わったらすぐ戻るからな」

「もちろんいいですとも！　それでは圭を私の部屋までご案内しま～す」

愛は楽しそうに私の腕を摑《つか》み部屋の中まで勢いよく引っ張っていった。

「それで容姿端麗、学業優秀な生徒会副会長のお姉ちゃんにお話って何かな？」

「自分で容姿端麗とか言うな。それに学業それほど優秀じゃねえだろ」

現在、私は愛とミニテーブルを挟んで向かい合う形で座っていた。高校生になってからは愛の部屋にほとんど来ていなかったが、部屋の中は漫画やゲームやぬいぐるみばかりで昔とそこまで変わっていないように見えた。

「さっきも言ったけど聞きたいことがある」

「何？　私みたいに明るく可憐《かれん》で美しくなる秘訣《ひけつ》？」

「……戻るか」

「冗談！　軽いジョークのつもりでした！　圭さんのお話を私にぜひ聞かせてください！」

「……次に茶化《ちゃか》してきたら本気で戻るからな」

「押忍《おす》！　了解しました！」

愛が敬礼のポーズをとる。私は最後まで部屋に戻らず質問の答えが聞けるだろうか。

「あのさ……。いきなり弁当渡されたら愛だったらどう思う？」

「それは圭からってこと？」

「いや、どちらかというと普段話すことがある男から」

「えっ、突然なにゆえって思う」

やはりいきなり異性に手作り弁当を渡す行為は変なのか。作戦を一から練り直さなくてはいけないらしい。

「……分かった。参考になった。戻る」

立ち上がり去ろうとすると、愛に腕をがっしりと掴まれた。

「ちょっと待って。話の全貌が全然見えなくてこのままだと眠れないよ。もう少し詳しく私に話してみない？　心配しなくても絶対に損はさせませんよ！」

確かに先ほどの質問だけでは意図が分からないか。でもこの姉に全部を話していいものだろうか。正直不安しかない。ただ自分一人では手詰まりなのも事実だ。

「全部は言わないぞ」

「大丈夫、私は一を聞いて千を知るウルトラハイパー美少女なので！」

「それならさっきの質問だけで全部分かるだろ」

私は心の中でため息をつきながら愛に説明を始めた。


「ほうほう、つまり圭はお世話になったその男の子に、私の料理スキル本当は高いんだぜってアピールしたいと。そしてそのためにお弁当を作って渡したいと」

「要約すればそんな感じだな」

説明を始めて数分後、私は本堂の名前や過去の出来事の一部を隠しながら目的を伝えることに成功した。

「いいんじゃない？　チャレンジしてみたら？」

「さっきなにゆえって言ってなかったか」

「さっきは私が突然男の子にお弁当貰《もら》ったらって場合でしょ？　それと圭が話してくれた場合だと意味合いが大きく変わってくるよ」

「どう違うんだ」

「女子からの手作り弁当は男子にとっての夢！　何をしてでも手に入れたい、そんな代物なのですよ！」

「そうなのか？」

松岡もそんな感じのことを言っていた気がするが、いまいちピンとこない。

「そうなんだよ。それにせっかく圭が自分でやりたいと思ってるのに、チャレンジしないのはもったいない！　一度だけの青春、全速力で駆け抜けようぜ！」

「あ、ああ」

愛の勢いに困惑を隠せない。なぜ私よりも愛の方がやる気に満ちあふれているのかは不明だが、詳しく話した結果、前向きな話が聞けたことは収穫だ。だけどまだ懸念はある。

「作っても、結局渡す理由がないと渡しづらくないか？」

「それは前の調理実習に助けてくれたお礼とでも言っておけばいいんだよ」

なるほど。その発想は私にはなかったものだ。

「それで作りたい料理ってもう決まってる？」

「いや、まだ決めてない」

本堂が入っていたら嬉しいと言っていたしょうが焼きは入れたいが、他はまだ未確定だ。

「それじゃあそこから考えないとね。私も楽しみになってきたよ」

「何がだよ」

「え？　そりゃ圭のお弁当作りの手伝いだよ」

何を当たり前のことをとでも言いたげな顔で愛が見てくる。

「別に弁当は私一人でも作れる」

「おいおい、調理実習の時に例の子におんぶにだっこだったことをもう忘れたのかい？」

「うっ」

調理実習の日の何度も本堂に包丁の使い方を教えてもらった記憶がよみがえる。

「朝はお母さんも忙しいだろうし適任なのは私だけですよ。そんな私のサポートが、今回は特別お姉ちゃん大サービスでタダ！」

「通販みたいに自分を押し売りするな」

「てへっ、ついつい。それにしても私の補助のあるなしで、成功確率は全然違うと思いますよ圭さん？　私、お菓子とか暇な時に作ったりするし、きっとお役に立ちますぜ？」

ふざけ倒している愛だが料理の経験は私よりずっとある。本堂にクオリティが高い弁当を渡したいなら頼るほかない気がする。

「……朝早く起きれるのか？」

「可愛《かわい》い妹のためならそれくらい造作もないことですよ。圭が一言お願いお姉ちゃんって言ってくれたら、もう何日だって付き合います」

「誰がそんなこと言うか！」

というか人生でこれまで一回もそんなこと言った記憶がない。

「え〜、一言、本当に一言でいいから！　お願い！」

愛が手をすり合わせる。言うまで折れないつもりだ。

「……お願いお姉ちゃん。……これでいいだろ」

「可愛い〜！　よしお姉ちゃん、可愛い妹のためにフルパワーで頑張っちゃうぞ〜！」

消えたい。いますぐにここからいなくなりたい。私は出だしから大きくやる気を削がれながらも愛と一緒に弁当を作る準備を始めることにした。

※　※　※

「なあ、今日の清水《しみず》さん、なんだかいつにも増して機嫌悪くないか？」

「お前もそう思う？　なんか他校の奴《やつ》とケンカして手をケガしたって噂《うわさ》だよ」

「そうだったんだ。清水さん髪を黒く染めたり授業サボらずに受けたりしてたから、まじめになったのかと思ってたけど相変わらずなんだな」

クラスメイトがコソコソ私の噂話をしているがそちらを向く気力もない。それもこれも全て手作り弁当が原因だ。

（もう最悪だ）

弁当は一応できあがった。手伝ってくれた愛からトレードマークの笑顔が消えることになったが、完成はしたのだ。問題はその出来栄えだった。

卵焼きは醤油のせいか、はたまたこげのせいか分からない、ただ黒さを追い求めたような謎の塊になり、本堂の好きなしょうが焼きも同様に黒さが際立つ肉塊となった。

今回は愛のサポートがあったにもかかわらず何度か包丁で指を切り、傷は浅かったものの愛には心配をかけてしまった。

結果として完成した弁当は、とてもじゃないが人に渡せる代物ではなかった。

私は最初自分一人でその手作り弁当を平らげようと思ったが、責任を感じた愛が半分こにしようと提案してくれた。そのおかげでなんとか食べきれ、胃がもたれる程度で済んだ。

正直、圭の料理スキルは予想以上というか想定外だったね、と愛は死んだ目で後に語った。

「おはよう清水さん」

「おう」

今日の朝の事件を思い出していたら、いつの間にか隣の席に本堂が座っていた。

本堂になんの罪もないことは分かっているが、今朝の弁当の失敗もあり自然と眉間にしわが寄っている気がする。

「あの清水さん。僕、何かしたかな？」

そんな私の顔を見たのか本堂は困ったように笑っていた。

「別に何もしてねえよ」

　実際に本堂は私を怒らせるような行動はしていない。私が怒っているように見えるのは私自身が問題だ。

「それなら困ったことでもあった？　僕でよければ話聞くよ？」

「……なんでもねえ」

　お前のために手作り弁当作ったけど失敗したから落ち込んでいる、とは口が裂けても言えない。

「そう、分かった。……あれ、清水さん手をケガしてるけど大丈夫？」

　とっさに手を隠したが遅かった。完全に油断していた。言い訳を考えねば……。

「……ちょっと色々あったんだよ。深い傷じゃねえから気にしなくていい」

「うん。でもお大事にね」

　苦しい言い訳だったが本堂は納得してくれたようだ。安心したらいつもより早く起きた反動からか睡魔が襲ってきた。

「今から寝るから起こすなよ」

「うん、先生来る少し前に起こすね」

「起こさなくていいって言っただろ……」

　いつもであればここから起こすか起こさないかで言い合いになるのだが、早朝から弁当作りをして精神的に疲れていたのか、今日は早々に意識を手放すことになった。

昼休み、早々に昼食を食べ終えた私は、特にすることもなく机に伏していた。

隣の席からは本堂と松岡が会話する声が聞こえてくる。

「やっぱ瀬戸《せと》さんの手料理食べたかったな〜」

「俊也《しゅんや》、調理実習の時のことまだ引きずってたの？」

「あの時は割り切ったつもりだったけど、好きな女の子の手料理食べたいって男なら誰しも思うだろ？」

「ちょっと主語が大きい気がするけど確かにそうかもね。好きな女の子に作ってもらった料理を食べる機会なんてなかなかないし嬉しいと思う」

やはり本堂も異性からの手料理に興味があるらしい。良かった、努力の方向性は間違っていないようだ。

「だよな！　瀬戸さんが手作り弁当作って俺にくれるって展開にならないかなぁ……」

「もうそこまでいくと想像というより妄想の域だけどね」

本堂は友達だからか、たまに松岡に対しては厳しい時がある。

「空想でも妄想でもいいから後で絶対現実にしてみせる！」

「頑張ってね」

「ああ、まあ好きな人の手料理じゃなくても、人の手料理ってなんかいいよな」

「それは同感かな。自分で作るのもいいけど、誰かに作ってもらった料理は何か特別な気がするよね」

これはいい情報だ。つまり好きな人からの料理でなくても、他の人に作ってもらえること自体に喜びを感じるということなのだろう。

「そういえば前の恋バナの時にちょっと思ったけど、大輝って自分でお弁当を作ろうとは思わなかったのか？」

松岡が本堂に唐突に疑問を投げかけた。

「考えたこともあったけど、結局朝早くに起きれなくて諦めたんだよね」

「そうなのか。じゃあ当分は購買生活だな」

「そうだね。でも前にお弁当の話をした時に少しお弁当食べてみたくなったから、今度早く起きたら挑戦してみたいな」

何気なく話を聞いていたら大変なことになってきた。私と本堂では料理スキルに天と地ほどの差がある。もし本堂が自分で弁当を作ってきたら、後からはなんとなく渡しづらい。

私は練習を重ね弁当が満足できる出来栄えになったら渡そうと悠長なことを考えていたが、急いで弁当を完成させる必要があると分かった。

「なあ、ここ一週間くらい清水さんの機嫌がずっと悪いけど、理由ってお前は知ってるか？」

「手の傷が日に日に増えているから他校の生徒と毎日ケンカしてる説、誰かが清水さんの逆鱗《げきりん》にふれた説、他にも説は聞くけどどれが正解かは分からない。ただ一つ分かってるのは、絶対にあの状態の清水さんに関わっちゃいけないってこと」

「そうだな。俺も気をつけるわ」

教室の片隅で私の噂話をしているクラスメイトがいる気がするが、反応する余力もない。

弁当を作り始めて一週間、結果を言うと、私は満足できる弁当を作れなかった。

愛が毎朝どんなに丁寧に教えてくれても私の料理の腕は上達せず、数日前からは見かねた母さんも教えてくれるようになったが、結果は変わらなかった。毎日できた弁当の失敗作を食べていくうちに私も愛も心が徐々に折れていった。

（私の料理スキルがここまでひどいとは……）

今朝に至っては誰も失敗作を食べる気力がなく、昼になんとか食べてしまおうと作った料理を弁当箱に詰めて持ってきたのだった。

これ以上弁当作りを続けるのは私にとっても厳しいし愛にも悪い。私は今日で一旦弁当作りをやめることに決めた。

昼休み、カバンから母さんが作った弁当と自作の弁当を取り出す。なんとか昼休みのうちにどっちも食べてしまわないと。ため息をつきたくなる。

「……はぁ」

声の主は私ではない。声のした方を向くと本堂が頬杖《ほおづえ》をついてボーっとしていた。

「どうした。そんな辛気臭いツラして」

本堂がため息をしている姿は普段見ないから、気になって思わず声をかけてしまった。

「ああ、ごめん清水さん」

「別にいいけど何かあったのか？」

せっかく私の方から声をかけたのだから、ため息の理由くらいは聞いておきたい。

「いや、今日ちょっと忘れ物しちゃって」

「何を忘れたんだ？」

「財布だよ。おかげでお昼ご飯買えなくてさ。どうしようかなって思ってたんだ」

確かに本堂の机を見ると、いつも昼休みに食べている惣菜《そうざい》パンの類いが見当たらない。

ただそれくらいなら解決策はあるのではないか。

「金がないだけなら松岡にでも借りればいいんじゃねえか？　アイツも昼飯代くらいなら貸してくれるだろ」

こういう時なら本堂が真っ先に頼るのは松岡のはずだ。

「そうだね。俊也がいればお金貸してくれたと思うんだけど、今日に限って俊也、サッカー部のミーティングで昼休みの間いないんだよね。俊也がいなくなる前に僕が財布忘れたことに気づけたらよかったんだけど」

そう言われて教室を見回すが確かに松岡の姿はない。

「まあ仕方ないから今日はお昼ご飯なしかな。清水さんも心配かけちゃってごめんね」

「別に心配なんてしてねえよ」

「だったらよかった」

会話がとぎれる。高校生の男子といえば食べ盛りのはずだ。そんな本堂が昼食を抜くのはさぞ辛いことだろう、などと考えながら自分の机に目を向けると、そこには弁当箱が二つも置いてあった。そうだ。今日は弁当が二つある。全く予期していなかったがこれはある意味チャンスではないか。

「おい本堂」

「どうしたの？」

本堂が再び私に視線を向ける。私は視線を合わせることなく本堂の机の上に弁当を一つ置いた。

「清水さんこのお弁当は？」

「……やる」

「だからその弁当をお前にやる」

「え？」

本堂はなぜとでも言いたそうな表情をしている。

「それは嬉しいけど、そしたら清水さんの分がなくなっちゃうよ」

「私の分はある」

自分の机の上にあるもう一つの弁当を指差す。

「あれ、ほんとだ。じゃあこれは誰の？」

「誰のでもいいだろ。……ほら、調理実習の時に世話になったからそれやる。どうせ私だけだと二つも弁当食いきれねえからお前も気にしなくていい」

本堂の頭の上にはクエスチョンマークが浮かんでいる。なぜ私が二つも弁当を持っているのか分からないのだろう。お前に渡したかった手作り弁当の失敗作を持ってきていたからだ、とは口が裂けても言えない。

「よく分からないけど清水さんの分があるならいいや。ありがたくいただくね」

「ああ」

本堂は完全に納得したわけではなさそうだったが、私の分があると分かり弁当を受け取ることにしたようだ。

そして気づく。私が本堂に渡した弁当は誰が作った弁当だ？

私が作った弁当も母さんが作ってくれた弁当も弁当箱は同じ形、同じ色で、中身を見なければどちらの弁当なのか分からない。そのため本堂に渡した弁当がどちらの作った弁当か、今の状態では判断ができなかった。

私がパニックになっているうちに、気づけば本堂は弁当箱を開けようとしていた。

「あまり人の家のお弁当って見ないからワクワクするな」

横から何気なく弁当箱の中身を確認する。本堂に渡した弁当はどこからどう見ても私が作ってきた方だった。

（……もうダメだ）

心がぽきりと折れた音が聞こえた気がした。私の作った黒々としたおかずたちが本堂の視界にバッチリ収められてしまっている。

今すぐ本堂から弁当を奪い取りたいという欲求に駆られるが、残っていたわずかな理性がブレーキをかける。自分で渡しておいてすぐに没収するというのはさすがにまずい。

「早速だけどいただいてもいいかな、清水さん？」

私の葛藤を知る由もなく本堂が声をかけてくる。今からでも弁当を取りかえてもらおうか。でも私が作った料理も食べてほしい気持ちもある。脳内で二つの派閥が争っている。

「……ああ」

最終的に自分で作った弁当を食べてもらう方に気持ちは傾いた。

「ありがとう。それじゃあいただきます」

本堂は禍々《まがまが》しい色のおかずに臆することなく箸を手にした。どれから食すか悩むそぶりを見せた後、一週間前から毎日作っている黒い卵焼きに箸を伸ばしそのまま口に運んだ。

本堂の顔色を窺うがそこまで大きな変化は見られない。おかしい、うちの家族から笑顔を奪った最恐クラスの料理なのに。

じっと観察していると、視線を感じたのか本堂がこちらを向いた。

「どうかした？　やっぱりこのお弁当も食べたかったの？」

私は相当な健啖《けんたん》家《か》だと本堂に思われているのだろうか。

「いや、何から食べるのかちょっと気になっただけだ」

「確かにお弁当をどこから食べるかってその人の性格が出るよね。僕はなんとなく卵焼きから食べてみたけど」

衝撃的なことに、あの黒々しい塊を本堂は卵焼きと認識したうえで食べていたらしい。

「家族以外が作った卵焼きあまり食べたことなかったけど、この卵焼きは面白い味付けだね」

「お前面白いって、それ料理の感想なのか？」

まあまずいと言われたり無理しておいしいと言われたりするよりはいい気もするが。

「ごめん、ダメだったかな。今までに食べたことがない味付けの卵焼きだったから、どう表現していいか分からなくて」

「……それならいい」

「もう少し別の言い回しを思いついたら言うね」

そう言うと本堂は食事を再開した。母さんの作ってくれた弁当を食べながら、横目で本堂の様子をこっそり確認する。

本堂が次に選んだおかずは、これまた一週間前から毎朝挑戦し続けているしょうが焼きだった。弁当の中には他にもう少しまともにできたおかずがあるのに、なぜ特にうまくできなかったと思うものばかり優先的に食べようとするのだろう。

（せめて心の準備が済むまで他のおかずを食べていてくれ）

私の嘆きもむなしく、本堂は迷うことなくしょうが焼きを口にした。しょうが焼きを食べる本堂に特に表情の変化は見られない。

愛が初めて試食した時はこれって料理なの、と真顔で言ってきた料理なのに。しょうが焼きといい先ほどの卵焼きといい、本堂の舌は本当に大丈夫なのだろうか。私が驚きを隠せないでいると本堂とまたもや目が合った。

「あの、清水さん？　そんなに見つめられるとさすがに食べづらいんだけど」

「本堂お前平気なのか？　無理して食べてないか？」

つい思っていたことがそのまま口から出てしまった。

「その質問ちょっと怖いんだけど。このしょうが焼き、何か普通入れない調味料とか入ってたりする？」

「入れてねえけど。本堂、そのしょうが焼き食べて本当に何も感じなかったのか？」

愛が初めて試食した時は、しょうが焼きでここまで絶望を表現できるんだねと言われた料理なのに。

「なんだろう。僕、しょうが焼き好きだからワクワクしながら食べたけど……」

前に聞いた通り本堂はしょうが焼きが好物であったようだ。ただ今聞きたい情報はそれではない。

「別にまずいと思ったらまずいって言ってもいいんだぞ」

「なんで？　そんなこと言わないよ。せっかく清水さんが作ったお弁当をくれたのに」

「お前、なんで私が作ったって……」

私は弁当を作っていると言っていないから、普通は親が作ったものだと思うはずだ。本堂は一体どこで気づいたのだろう。

「だって清水さん、しょうが焼きに何か入ってないかって聞いた時、入れてないって断言したでしょ？　それは清水さんがしょうが焼き作ってないと出ない言葉だと思ったんだよね」

「でもそれだけじゃ根拠として弱いだろ」

「それにさっきまずいと思ったらまずいと言ってもいいって発言も、自分で作ってなければ清水さんは言わないと思うんだよね」

「うう……」

言い訳したいが下手な嘘《うそ》はすぐに暴かれてしまう気がする。

「やっぱりそうなんだね。それで頑張って作ったお弁当、本当に僕が食べちゃってよかったの、清水さん？」

どうすればいい。いっそ真実を伝えるべきなのか。その弁当は本堂に食べてもらいたくて作ったのだから、お前が口にしてくれて嬉しいと。……ダメだ。想像しただけでも恥ずかしくて消えてしまいたくなる。私と本堂の間に沈黙が続く。

「清水さん？」

私から返事がないことに不安を覚えたのか、本堂が沈黙を破る。

「……いい」

「え？」

「気にしなくていいって言ったんだよ。弁当は私が気まぐれに作りたくなっただけだ。それで自分だけだと食いきれない量だと思ったからお前にやったんだよ！」

「一週間も作り続けるのは、それ気まぐれって言わなくない？」

本堂が痛いところをつく。本人は疑問に思ったことを口にしただけだと思うが。というか今、何気なく大事なことを言わなかっただろうか。

「お前、なんで一週間前から私が弁当作ってるって知って……」

そこまで言って慌てて口を閉じる。だが本堂はもうその答えが分かっているようだった。本堂が私のばんそうこうだらけの手を指差す。

「だってそのばんそうこうは、料理した時に指をケガしたからつけてるんでしょ？　最初はなんでケガしてるのか分からなかったけど、今日のお弁当を見てようやく分かったよ」

本堂は他のクラスメイトと違って、私がケンカでケガしたとは思っていなかったらしい。なんとも表現しがたいむずがゆい気持ちになる。

「清水さん？　おーい」

まずい、本堂の言葉に揺さぶられて、一週間前から弁当を作っていた理由を考えることを放棄していた。急いで考えるがすぐには思いつかない。私は勢いでごまかすことに決めた。

「……私がいつから弁当作ってたっていいだろ！　と、とにかくお前に弁当をやったのは特別な理由なんてない！　いいな！」

「う、うん。まあ清水さんがいいならいいや」

本堂はこれ以上この件について深く追及しないことにしたみたいだ。

「分かったらさっさと食え」

「うん。ありがたくいただくね」

その後、本堂は黙々と弁当を食べ続けついには完食した。

「ごちそうさまでした」

「……食い終わったら弁当箱よこせ」

本堂の方に手を伸ばし弁当箱を渡すよう促す。

「洗って後日返したいんだけどダメかな？」

「この弁当は調理実習の礼って言ったろ。なら最後まで善意に甘えとけ」

「……分かった。それじゃ清水さん、改めてごちそうさまでした」

そう言って本堂は弁当箱の入った包みを私に手渡してきた。

「……おう」

「あと一つだけいいかな？」

「な、なんだよ」

改まって何か言われるとなると少し身構える。

「今日はお弁当くれてありがとう。財布を忘れて本当に困ってたから助かったよ。清水さんの作った弁当食べれて嬉しかった。今度何かお礼させてもらうね」

嬉しかった……。嬉しかった……。嬉しかった……。頭の中でその言葉が何度も繰り返される。本堂に今日までの辛く過酷で地獄のような一週間が決して無駄などではなかったと肯定してもらえた気がした。

「大丈夫、清水さん？」

本堂の言葉を聞きハッとする。どうやら感動で意識が遠くに行っていたようだ。

「礼はいらねえ。……ただ」

「何？」

「また気まぐれに弁当作ったら食えよ」

本堂は一瞬驚いた顔をした後、またすぐに笑顔に戻った。

「うん。その時はまたよろしくね」

私は心の中でガッツポーズした。

「聞いたよ圭！」

弁当を渡した日の夜、本堂《ほんどう》の言葉を噛《か》みしめていると愛《あい》が急に私の部屋に侵入してきた。

「誰に何をだよ。というか勝手に部屋入ってくるなっていつも言ってんだろ」

「そんなのいいじゃん。私と圭の仲なんだから」

「親しき仲にも礼儀ありって言葉知らねえのか」

「えっ、圭、私のこと親しき仲だと思ってくれてるの！　嬉《うれ》しい！」

「うるせえ。それで何を聞いたんだよ」

このまま言い合っても愛が静かになる未来が見えないため、ひとまず話を聞くことにした。

「そうだった！　圭、お弁当渡せたんだって！」

「……誰から聞いた」

そのことを知る人物は私のクラスメイトしかいないはずだ。

「それは秘密です。ただ、私の協力者は圭のクラスにもいる。それだけのことだよ」

ふふんと得意げに愛がその無駄に大きい胸を張って答える。愛の交友範囲が広いことは前から知っていたが、私のクラスにも愛の知り合いがいたとは。

「まあそんなこと今はいいの。気になっているのは、圭に気になる人ができたってこと！」

「なんのことだ？」

「とぼけちゃって。ネタはもうとっくに上がってるんだぜ？」

愛が腕を組みながらニヤニヤしている。私に理性という枷が存在しなければチョップをおみまいしていたことだろう。

「なんだよ。弁当渡したことならただの礼だ」

「ふーん。そんなこと言っちゃうんだ」

愛が腕を組んだまま上半身を左右に揺らす。

「ウソついてるとでも言いたいのか」

「いや、そこまでは言わないよ。ただそれ、なんのお礼かな？」

「何って調理実習の……」

「そう！　それ！」

愛が腕組みを解き、そのまま私をビシッと指差す。

「清水《しみず》圭さん、聞きましたよ。あなた、この前の調理実習サボらずに出席したらしいですね」

「そ、それがどうした。別に授業に出るのは自由だろ」

自由というか、本来は出席して当然なのだが。

「もちろん。でもなぜ急に調理実習に出たのか。私、非常に興味を持ちました。それで更に詳しく話を聞いてみたら驚くべきことが判明しまして」

「な、何が分かったんだよ？」

動揺して、それがつい声にも反映されてしまった。

「圭さん、あなた、とある男の子と一緒に作業していたらしいじゃないですか」

「それは係が一緒だったから……」

「それだけじゃありません。あなたが包丁を使った際に、その男の子があなたの手をとって教えていたという目撃証言があります！」

「うっ」

あの時誰かに見られていたのか。正直あの時は作業するだけで精一杯だったから、他の奴《やつ》の視線を気にする余裕なんてなかった。

「他人に心を簡単には許さず、人を寄せつけないあなたがそこまで気を許すなんて。その子はあなたにとって特別な存在なのでしょう。違いますか？」

「それは……」

違うというのは簡単だが、それではこの姉は納得してくれそうもない。

「加えて手作り弁当を渡した相手も彼のようですし、もしかすると、突然あなたが髪を黒く染めたのも彼が原因なのではないですか？」

「むぅ」

なぜいつもは勉強が難しいとわんわん泣き言を言っている情けない姉なのに、こういう時だけやけに鋭いのか。

「否定しないということは肯定だと受けとりますが？」

「……だよ」

「はい？　もう一回言ってくださいますか？」

「そうだよ！　文句あるか！」

もうどうしようもないと判断した私は言い訳を諦め認めることにした。

「ついに白状したね。それにしても圭に好きな子ができただなんてお姉ちゃん感動したよ。涙が出ちゃいそう」

「ウソつけ」

「へへへ」

「笑ってごまかすな」

我が姉は困ると笑って、その場をなんとかしようとする悪癖がある。

「ごめん、ごめん。それでその子はどんな子なの？」

「お前だってアイツのこと少しは知ってるんだろ？」

うちのクラスに協力者がいるなら、愛も本堂について多少は知っているはずだ。

「周りからの情報と本人からの情報だと結構違うからさ。できれば本人から直接聞きたいわけですよ」

「そこまで答える気はねえ」

「え〜、なんで？　私、あなたの姉ぞ？　人生経験豊富ぞ？　恋愛相談乗れるぞ？」

「人生経験豊富って言っても私と一年しか違わねえだろ。それに恋愛経験に関しちゃお前だってないだろ」

愛はその明るい性格とあまり認めたくないが優れた容姿から、男女問わずモテる。しかし愛は今まで告白されても全てを一蹴し、誰とも付き合ってこなかった。

「だってそれは……なんと言いますか……。運命感じなかったと言いますか……」

急に愛の歯切れが悪くなる。こうなった原因は明らかだ。

「陽介《ようすけ》のことが好きだからだろ」

「な、な、なにを言っているのかな圭は！　いきなりそんなとんちんかんなこと言い出して、全くこの妹さんには困っちまいますよ！」

愛の声は明らかに動揺している。

陽介は愛の昔からの幼馴染《おさなじ》み《》であり想《おも》い人だ。

幼少期から今にかけて、愛の陽介に見せる表情が少しずつ変化していく様子を見て、人はこうして恋に落ちていくのかと私は思ったものだ。

「今は私と陽介のことはいいの！　それよりも圭のダーリンについて教えて！」

「ダーリンって言うな。私からはこれ以上何も言うつもりはねえ」

「フッフッフ、そんなこと言っちゃっていいのかな？」

「何がだよ」

この顔は私の弱みを握っている時の顔だ。ただその弱みが何かさっぱり見当がつかない。

「私がこの一週間、朝早くからお弁当作りを手伝って、更に失敗作を一緒に食べてあげたこと、忘れたとは言わせませんぜ？」

「あっ」

そうだった。今日までの一週間、愛は私の弁当作りを毎朝献身的にサポートしてくれていた。料理が終わっても愛のサポートは続き、弁当作りで生じた失敗作を一緒に朝食として食べてくれていた。そのせいで愛の目は生気を日に日に失っていたが。

「その顔完全に忘れてたね？　でも圭が忘れても私は永遠に忘れないよ？」

「それならなんだって言うんだよ」

「考えてもみてよ。一週間もの長期にわたって、圭が作った料理と言えるかどうかギリギリグレーな暗黒物質を消費する手伝いをしてたんですよ。私すごい徳を積んでませんか？　これは何かいいことがあっても許されると思いません？」

我が姉ながら酷《ひど》い言い草だが、私が作ってきた弁当のおかずの数々が食べるに値する料理だったかは一考の余地はある。

「でもアイツは喜んで食べてくれたし……」

「なんだって……」

愛が信じられないとでも言いたそうな表情をしている。

「アレを喜んで食べるだと？　圭さんが現実を受け入れられなくて見た幻覚じゃなくて？　その子もしかして人間ではないとか？」

「さすがにキレるぞ」

私が作った弁当を喜んで食べたくらいで人外扱いするとはなんて姉だ。

「圭さん、あなたアレの破壊力を見誤っちゃいませんか？　アレは笑顔が取り柄の私からスマイルを根絶やしにした代物ですぜ？」

「ぐっ」

若干誇張気味に言っているとはいえ、愛の発言は概《おおむ》ね事実である。そうなるとそんな私の作った弁当を苦もなく完食してみせた本堂は、やはり只者《ただもの》ではないのかもしれない。

「とにかくあの失敗作の数々を私はものすごく頑張って食べてたんだから、その報酬として圭の初恋の子の情報開示を要求します！」

確かに今日まで愛は弁当作りや失敗作の処理を毎朝手伝ってくれた。そのことに関しては、何か後で礼をしなければいけないとは思っていた。問題はその礼として本堂についての情報を差し出すかどうかだが……。

「……分かった。だけど絶対に他の奴には言うなよ」

「やったー！　任せて。こう見えて私、口はダイヤモンドより堅い女って言われてるから！」

「誰にだよ」

全く信用できないが、どの道私に気になる人ができたと知られてしまった以上、愛は私が話すまで毎日私の部屋に来るだろう。それは非常に面倒だ。

そうなるくらいであれば、ここで借りを返す形で話してしまった方が今後の平穏な生活に繋《つな》がるような気がする。

「それでは清水圭さんにお聞きしていきたいと思います。まず単刀直入にお聞きしますが今回圭さんがお弁当を渡した相手のお名前を伺えますか？」

「……本堂」

「圭の照れ顔キタコレ！　え、うちの妹可愛《かわい》すぎでは？　下の名前はなんて言うの？」

いつもの六割増しでやかましい。こうなると分かっていたから話したくなかったのだ。

「……大輝《だいき》」

「なるほど本堂大輝君、事前に聞いていた子の名前と一致しますね。それでは次の質問です。彼、本堂大輝君との出会いを教えてください」

「中学三年の時だ」

「えっ、同じ中学校だったの！　それで一体どんな風に出会ったのかな？　詳しく教えて」

質問には簡潔に答えていくつもりだったが、愛は詳細に言わないと満足しそうもない。

私は説明を始める前から少し気が重くなっていた。

「さっきも言ったが、最初に本堂に会ったのは中学三年の時、場所は校舎裏だ」

「うちの中学の校舎裏といえば告白の名所ですが、もしかして！」

「ああ、確かにアイツに会ったのは放課後に告白されてた時だ」

「やっぱり！　最初から告白スタートですか！　あれ、でも圭は知らない人からいきなり告白されるのは苦手だったんじゃ……」

鋭い指摘だ。愛と陽介が時間をかけ少しずつ恋に落ちていく様子を近くで見てきた私には、相手の内面を知ろうともせずに告白してくる奴らの考えは理解できなかった。

「私に告白してきたのは本堂じゃねえ」

「えっ、どういうこと？」

「他の奴に告白されてた時にアイツが現れたんだ」

「ええ！　どういう状況？　なんで大輝君、そんな場面で現れたの？」

愛が疑問を覚えるのも当然だ。面倒だがここは丁寧に説明しなければならないだろう。

「そもそも私は放課後、校舎裏に知らん奴に呼び出され告白された。ここまではいいか？」

「うん。圭も中学の頃は結構モテてたもんね」

「私よりもモテてたお前に言われたくないけど、そうだ。その日も一目惚れ《ひとめぼ》れだとかなんとか言ってきたからいつもと同じように断った」

「まあ圭ならそうだろうね」

「ここまではよかったんだが、問題はここからだ。私に告白を断られたことがお気に召さなかったソイツは、断り方が気に食わないだの言ってキレ始めた」

「それ、大丈夫だったの」

愛はさっきまでと打って変わり真剣な顔になる。中学の頃の出来事なのに、さっきあったことのようにハラハラしている。愛は私のことになると少し心配性になる傾向がある。

「大丈夫じゃなかったら、さすがにその時に言ってる」

「だよね。良かった〜」

愛の表情が分かりやすく和らいだ。

「それにしてもどうやってそのピンチを脱したの？」

「今から話す。その告白してきたやつがキレて私に近づいてきた時に、待ってと声をかけてきた奴が本堂だった」

「おお！　ここでさっきの話と繋がるんだね」

なんか伏線回収したみたいな盛り上がりだが、説明が単純に前後してしまっただけだ。

「そうだ。本堂はキレてた奴と私の中間に割って入ってきて自己紹介を始めた」

「えっ、そのタイミングで？　大輝君ってちょっと天然？」

「結構マイペースなんだよアイツは。それで自己紹介を終えた後に私に告白してきた奴に、私とどんな関係なのか聞かれて困った表情をしてた」

「知り合いどころか初対面だもんね」

あそこまで困った顔をした本堂は後にも先にも見たことがない。

「それで本堂が今日初めて会った人だって正直に話したら、男がなんで告白の邪魔したんだとまた怒って」

「その子の言うことも、その前に圭に対してキレてなかったら一理あったかもね」

「本堂も苦笑いして謝ってたな。でもその後に急に真剣な表情になって、何事もなく告白が終わっていたら去るつもりだったけど私に手を出そうとしてたのを見て止めにきたって、男に向かって言い放ってた」

「大輝君って自分の思ってることをしっかり言える子なんだね」

私もあの時は正直驚いた。男か女か分からないような顔をしてのほほんとしているから、人にあまり意見できないタイプだと勝手に思っていたからだ。

「本堂は意外とそういう奴なんだよ。それで男は私の断り方が悪かったとか本堂に話してたけど、それでも手を出したらダメだって諭されて言葉に詰まってた」

「うんうん。それで？」

「最終的には男も本堂と話して少し頭が冷えたみたいで私に謝ってきた」

「男の子も反省できたんだね。愛はそれに対してどうしたの？」

「私も少し言いすぎたのかもしれないと思って謝った」

「話を聞く限りだと男の子の方に非がある気がするけど。それでもごめんなさいできるのは偉いね。ナデナデしてあげる！」

「やめろ！　本当になでようとするな！」

愛の手をかわす。愛は高校生になってもまだ私のことを子供扱いしてくる。いつになれば私は愛から大人として扱われるのだろうか。

「あ〜、まだなでてないのに〜。まあ今はいいや、話はそれでおしまい？」

「ほとんどな。それからアイツは私たちが校舎に戻るのを見届けてから去っていったよ」

「なるほどね。中学の頃はそれから大輝君に会ったの？」

「ちらほら廊下で姿を見たことはあったけど、話したのはあと一回だけだな」

「そうなんだ。何を話したの？」

「お前があの日あの場所にいたのは偶然じゃないだろって」

「え？」

どうやら私と本堂の話した内容は愛の予想から外れたようだ。その証拠に愛はあっけにとられたような表情をしている。

「どういうこと？　説明プリーズ」

「別にあの告白が仕組まれてたとかそういうことじゃない。ただおかしいと思わなかったか？　同じ中学通ってたなら分かるだろ？　校舎裏は用もなくいるところじゃねえって」

「確かに言われてみれば。あまり人が来ないから告白するにはいい場所になるわけで」

私もはじめに本堂に会った時はその違和感に気づかなかった。後から何度かその出来事を思い出してようやく疑問に感じたのだ。

「それで後から本堂にそのことについて聞いてみたんだ。そしたらいたずらが見つかった子供みたいに困った顔してさ」

「それで？」

「本堂が言うには、最初は校舎の中にいて窓から私と男が校舎裏に歩いていく姿が見えたらしい。それで男が少しキレやすいことで有名だから、一緒にいた私のことを心配して校舎裏まで追いかけてきたらしい」

「大輝君って心配性だね」

愛の私への対応もその時の本堂と同じくらい過保護な気はするが。

「それは私も少し思った。それで本堂に言ったんだ。友達でも知り合いでもない私のために、なんでそこまでしたんだって」

「大輝君はなんて？」

「自分が後悔したくないからだって。見て見ぬふりして私がケガとかしたら自分が嫌いになりそうだから行動しただけだって言ってた」

その時の本堂は少しだけ寂しそうに見えた。

「あくまで自分のためにしたってことね。それで愛はどう返したの？」

「……お前いつもこんなことしてるのか。気をつけないとお前も危ないぞって……」

「圭さん？　そこは助けてくれてありがとうって言って顔を赤く染める場面では？」

「誰が染めるか！　私だって礼はちゃんと言わないといけないって思ったけど、言葉が出てこなかったんだよ……」

自分で自分が嫌になる。どうしてあの時に感謝の言葉一つアイツに言えなかったのか。

「圭はちょっと不器用なところあるからね。まあそこが可愛くもあるんだけど。それで中学の頃のお話はおしまいかな？」

「ああ、それからは中学の間アイツとは話してねえ」

「なるほどね。まあ大体の話は分かったよ。危機的な状況にさっそうと現れた一人の男の子。その子に救われて圭は恋に落ちる。いいね、グッドな恋愛してるんじゃないですか！」

「やかましい。別にこの時に惚《ほ》れたんじゃねえよ」

「えっ、違うの？」

「この時はちょっと変わったお人好《ひとよ》しがいるなって思っただけだ」

「そうなんだ。それならいつ圭は大輝君にときめいちゃったの？」

愛の目は今朝と打って変わってキラキラしている。妹の恋愛事情に興味津々だ。

「もう十分話したから今日は終わりでいいだろ」

「そんな殺生な！　いい感じに盛り上がってきたのに、それはあんまりですぜ」

愛が私の両肩を摑《つか》み前に後ろに揺らす。私は少しイラッとしながら愛の手を払いのけた。

「うっとうしいな。さっきの話で弁当の分くらいは返しただろ」

「それはそうかもしれませんが……。そうだ、惚れた理由を私に教えてくれたら、圭の恋路を陰ながらサポートするよ！」

「いらねえ」

「即答！」

「自分の恋もままならねえ奴に任せられるか」

「ぐはっ」

愛とその想い人の陽介はお互いに好き合っているにもかかわらず恋人にはなっていない。

これは単にお互いに想いを告白していないからだ。陽介は愛が他の奴の告白を全て断っていることから尻込みし、愛は陽介から告白してほしいと宣《のたま》っている。そのため愛と陽介は幼馴染み以上恋人未満の関係を現在進行形で続けている。

「はぁ、はぁ、圭もなかなか言ってくれるじゃない」

愛はなんとか精神的ダメージから立ち直ったようだ。

「事実を述べたまでだ」

「我が妹ながら見事なジャブだぜ。まあ待ってよ。恋愛についてのアドバイスは少し難しいかもだけど、私にはまだできることが残ってる」

「なんだよ」

まともな案ではないと思いつつも一応耳を傾ける。

「生徒会副会長権限で大輝君を呼び出して、圭のことどう思ってるか聞いてあげるよ！」

「ぶちのめすぞ」

生徒会副会長の地位を生かすタイミングは絶対に今ではない。

「ええ、パーフェクトアンサーだと思ったんだけどなぁ」

「どこがだ。職権乱用もいいとこだろ。それにそんなことしてよく思われてなかったらどうするつもりだ」

「ちょっと心配しすぎじゃない？　圭はスーパープリティガールなんだから大丈夫だよ。きっといい感じの言葉を大輝君がくれるって」

「誰がスーパープリティガールだ！　とにかく却下だ却下！」

「厳しいなぁ。まあさっきの話は半分冗談としても、圭の恋を応援してくれる人が同じ学校にいるだけでも結構心強いと思うんだけどな」

確かに私の本堂への気持ちを知る人物は今のところ愛だけだ。協力者がいるのといないのとでは大分違う気がする。愛の提案は私にとっても悪い話ではないかもしれない。

「……分かった。だけどくれぐれも邪魔だけはするなよ」

「おおっ！　話に乗ってくれたということは、大輝君にときめいた時のエピソードも教えてくれるということですね！」

「ときめいてないけどな」

「我が妹ながら素直じゃありませんなぁ。じゃあ大輝君のこと気になったきっかけとでも言えばいいかな」

「まあそれなら話す。あれは高一の頃……」

※　※　※

高校一年のある日の放課後、私は忘れ物を取りに教室へ戻っていた。

忘れ物に気づいたのが学校から出てしばらく経《た》ってからだったから、教室前に着く頃には教室内に人はほとんどいないだろうと考えていた。

「そういえば俊也《しゅんや》、今日は時間大丈夫なの？」

聞きなれた声がしたのでドアを開ける手を止め思わず身をかがめる。

「ああ、今日は部活休みだから問題ない」

「ならよかった」

（なんでよりによってあの二人が残ってるんだ。教室入りづらいな）

中から聞こえてくる声から、どうやら教室内にまだ残っているのは本堂と松岡《まつおか》の二人だけらしかった。二人は教室の前にいる私に気づいていないようだ。

高校に進学し私は本堂と同じクラスになった。あの時以来本堂と話す機会は中学ではなかったから、同じ高校に入学していたことも入学式の時に初めて知った。

最初は席が離れていて交流はなかったが、何度目かの席替えで偶然本堂と隣の席になった。話して分かったのは、本堂が私に高校で初めて会ったと思っていることだ。

中学の時の一件を忘れてしまったのか、それとも髪を染めた私を別人だと思っているのか。なんとなく悔しかった私は、自分から中学の頃に会ったことがあるとは言わなかった。

だが本堂はそんな私に毎日のように話しかけてきた。クラスメイトから怖がられ距離を取られている私に対してだ。本堂は私のことを一体どう思っているのだろうか。

「ずっと気になってたんだけど、大輝って清水さんのこと怖くないのか？」

「清水さんが怖い？　なんでさ」

「だって染髪は校則で禁止されてるのに金色だし、うっかり目が合うと睨《にら》んできて怖いし。それによくないことしてるんじゃないかって噂《うわさ》も結構聞くぞ」

（松岡め、私がいないからって本堂に好き放題言いやがって）

前半二つは事実なのでそこは反論のしようがないが。

松岡に好き勝手言われるのはまだいいが、本堂から同じような発言を聞きたくなかった私は帰るため教室のドアに背を向けた。

「僕は清水さんのこと怖いとは思わないけどな」

本堂のその言葉が私の歩みを止めた。

「なんでそう思うんだ？」

「清水さんって少し分かりにくいけど優しい人だと思うんだよね」

「そうか？」

松岡は心の底から疑問に思ってそうだ。

「うん。声をかけたら清水さんはいつも返事してくれるし。見た目は少し派手だけど話してみたらいい人だよ」

「それは大輝が誰でもいい人だと思うからじゃないか？」

松岡は今の本堂の発言だけでは私への警戒を解いていないようだ。

「そんなことないよ。俊也は知らないと思うけど、清水さん掃除の時とかはいつも一緒にやってくれるんだ。清水さんは清水さんで他の人のことを考えてくれてると思うんだよね」

「ふむ、なるほどな」

「よくない噂が独り歩きしているだけで、話してみれば清水さんはみんなが思ってるよりずっと優しくて面白い人だよ」

本堂が私のことをそんな風に思ってくれていたなんて知らなかった。表では笑顔で話しかけてくるが、裏では他のクラスメイトのように私を恐れているのだろうと思っていた。でもそれは違っていて本堂は私を見た目や雰囲気だけで判断せず内面まで見ようとしてくれていた。

「大輝がそこまで言うならそうなのかもな。さすがに面白いまでは同意できないけど」

「俊也も清水さんとちゃんと話してみれば分かるって。それに清水さんは……」

顔が急激に熱くなる。心臓の鼓動が早くなっているのが自分でも分かってしまう。ここにこのまま留《とど》まっていてはいけない気がする。私はここまで戻ってきた理由も忘れて廊下を駆け出した。

※　※　※

「……と、これが本堂が気になるようになった理由だ」

　黙って聞いていた愛が急に手を叩《たた》き始めた。人形が突然動き出したみたいで不気味だ。

「ブラボー、よかった、実に素晴らしかったよ。容姿だけで判断せず中身までちゃんと見てくれる。まさに真実の愛！　これは全米が涙しましたわ」

「適当なこと言うな」

「ごめん、ごめん。でも大輝君いい子だって思ったのは本当。正直、前までの金髪圭ちゃんが他の人からすればちょっとだけ近づきにくかったのは事実だからさ。そんな圭に真剣に向き合ってくれてた人がいたっていうのは、お姉ちゃんとしてかなり嬉しいよ」

「急にまじめになるな」

「理不尽！」

　自分でもそう思ったが、いつもちゃらんぽらんな姉がまともなことを言うと調子が狂う。

「とりあえず本堂については結構話したから満足しただろ」

「はい。圭の青春赤裸々恋愛トーク聞いて心が若返りました」

「それはよかった。なら帰れ」

「ええ！　なんか急に冷たくない？　冷たすぎて風邪引いちゃいそう。クシュン」

「うるせえな。もう目的は達成しただろ」

そもそも愛は本堂について聞くために私の部屋まで来たはずだ。目的を達成した今、もうここにいる必要はないだろう。時計の針は十一時を回りいい頃合いだ。

「それはそうだけどさ。まだ最近大輝君のこんなところにドキッとしたとか、大輝君が別の女の子と話してて少しモヤッとしたとか、そんな甘酸っぱいお話が聞きたいわけですよ」

「勝手にドキッとさせたりモヤッとさせたりするな。帰れ」

「ヤダヤダ。お姉ちゃん部屋に戻りたくない～。もっと圭のお話を聞きたいな。大輝君とのこれまでの思い出とかさ。圭とまだまだ恋バナしたい～」

愛は十七歳にもなってまだイヤイヤ期であるらしい。しょうがない、伝家の宝刀を抜く時がきたようだ。

「恋バナっていうのはどちらか一方だけがするもんじゃねえよな？　私も聞きてえな、陽介とどこまで進展したとか、陽介のどこが好きだとか、陽介をいつ異性として意識したとか。お前もちゃんと教えてくれるんだよなぁ？」

愛は視線があっちこっちをさまよっている。

「おっと、そういえば明日までに終わらせないといけない課題があったのを忘れていたぜ」

「明日は土曜日だぞ」

「……おっと、まずい。急に眠気が襲ってきたぜ。本当に残念だが恋バナはまたの機会にするとしよう」

「逃げる気か」

「逃げるなんて人聞きの悪い、これは戦略的撤退だよ。当初の目的は果たしたわけだしね。それではアデュー」

そう言うと愛は自分の部屋へと戻っていった。

「いつもホントに嵐のように去っていきやがって」

静かになった部屋で私は誰に言うでもなくそう呟《つぶや》いた。

清水姉妹との遭遇

「今日はお兄ちゃんにミッションがある」

「どうしたの輝乃《きの》？」

ある休日、朝食を終えて自室に戻ろうとすると、部屋の前に妹の輝乃が腕を組んで立っていた。

「今の話聞いてなかった？　ミッションがあるの」

「つまり何かしてほしいことがあるってこと？」

「察しがいいね。そういうこと」

輝乃が満足そうに頷《うなず》く。

「それで僕は何をしたらいいのかな？」

「よくぞ聞いてくれた。お兄ちゃんにはショッピングモールに行ってきてほしい」

「ショッピングモール？」

「そう。そこで私が予約してたゲームを受け取ってきてほしいの」

何を頼まれるのかと聞いてみれば、そこまで難しいミッションでもない。ただ一つ疑問に思ったことがあった。

「それはいいけど輝乃は一緒に行かないの？」

「私は……その……そう、受験勉強があるから」

輝乃の目は泳ぎまくっている。おそらく受験勉強という理由は建前で、本当は休日に人が集まる場所に行きたくないのだろう。輝乃はそういう出不精なところがある。

輝乃を改めて見つめると不安そうな顔をしている。僕に本音が知られていると分かっているみたいだ。さて、どうしようか。

「分かった。行ってくるよ。だからゲームを受け取るために必要な情報教えて？」

「うん！　ありがとうお兄ちゃん」

輝乃は嬉《うれ》しそうに頷いた。妹のワガママを断れない僕は少し輝乃に甘いのかもしれない。

僕は輝乃から詳しい情報を聞いた後、支度をして家を出発した。

「無事に買えて良かった」

家を出ておよそ一時間後、僕は無事に与えられたミッションを達成した。

特に大きな問題が起きることもなく、スムーズに家電量販店で輝乃が予約していたゲームを受け取ることができた。ゲームには予約限定特典が付属していて、輝乃はこれが欲しくて予約していたみたいだ。

今日は自分が欲しいものは特にないのでこのまま帰ろうと考えていると、予想外の人物を見つけた。

「あれ、清水《しみず》さん？」

「……本堂《ほんどう》か？　なんでここに」

声をかけてみると、その人は思った通り清水さんだった。

清水さんは白いシャツの上に紺色のジャケットを着ていて、下はジーンズを穿《は》いていた。

今まで清水さんと学校の外で出会ったことがなかったから、その私服姿は新鮮だ。

「やっぱり清水さんだった。清水さんもお買い物？」

「ああ、そういうお前は……」

「本堂？　もしかしてあの本堂大輝《だいき》君？　え、そうだよね！　本物？」

僕が質問すると意識していなかった方から名前を呼ばれた。声のした方向に目を向けると、そこには清水さんより少し背の低い女性が立っていた。髪はやや茶色っぽいセミロングで水色のブイネックのニットに白いロングスカートという格好をしている。外見から年齢は僕たちと同じか差があっても一歳前後に見える。

「僕は確かに本堂大輝ですけど、すみませんがどなたですか？」

「え？　私をご存じでない？」

「すみません……。ちょっと分からないです」

その反応から同い年か年上である気はするけれど、誰かまでは見当がつかない。

「愛《あい》、お前、影が薄いんじゃねえか？」

「そうかなぁ。それならもう少し明るいところ行こうよ」

「物理的に影を濃くしようとするな」

清水さんが珍しく軽口を叩《たた》いていることから、愛と呼ばれた女性は清水さんと親しい関係らしい。清水さんとのこれまでの会話を脳内で再生する。するとあることを思い出した。

「もしかして清水さんのお姉さんですか？」

「おお、私のこと本当は知ってたんだね。そうです。私が清水圭《けい》の姉の清水愛です。気軽に愛って呼んでね」

「はい、よろしくお願いします。愛さん」

清水さんからお姉さんがいると前に聞いていたけど、雰囲気が全然違うからお姉さんだと気づけなかった。

「ちなみに愛はうちの高校の生徒会副会長だぞ」

「え、そうなんですか？」

愛さんの方を見る。僕の視線に気づいた愛さんはなぜかウインクをしてくれた。

「そう、私は圭のお姉ちゃんであると同時に、君たちが通う高校のハイパーウルトラ生徒会副会長でもあるんです」

「むだに横文字増やすな」

清水さんが呆《あき》れた顔でツッコミを入れる。

「だってカッコよくない？　まあいいや、それで大輝君は何しにここに来たの？」

「ちょっと妹に買い物を頼まれて」

「へぇ、妹ちゃんいるんだね。今からその買い物するのかな？」

「いえ、もう買い物は終わりました」

持っていたゲームの入った袋を愛さんに見せる。

「そうなんだ。大輝君ってこれからまだ予定ある？」

「用事が終わったのでもう帰ろうと思ってました」

「それなら私たちと一緒に来ない？」

「はい？」

あまりに急な提案に頭がついていかない。

「おい、勝手に何言ってんだよ、愛」

清水さんも愛さんの突然の提案を聞き会話に参加してきた。

「だって私、大輝君とお話ししてみたい。大輝君も時間あるらしいし、いいでしょ？」

「そんなの急に言ったって本堂だって迷惑だろ」

清水さんが僕に視線を合わせる。暗に断れと言われている気がする。

「そんなことないよね、大輝君」

愛さんも僕に視線を向ける。暗にオッケーしてと言われている気がする。

「え、えっと」

僕は自分ではあまり選択を迷わない方だと思っていたけれど、この二択は非常に難しい。どっちを選んでも、もう一方に後から何か言われそうな気がする。

「本堂」

「大輝君」

時間はあまり残されていないようだ。僕は覚悟を決めた。


「あまり混んでなくてよかったね」

僕と清水姉妹はショッピングモール内にあるファミリーレストランに来ていた。まだ昼まで時間があるためか並ぶことなく席に座ることができた。

清水さんと愛さんが隣り合って座り、清水さんと僕が向かい合うような形で座っている。

僕は最終的に清水姉妹の買い物に同行することにした。愛さんが年上だからというのもあるし、清水さんならきっと許してくれると思ったからだ。

「せっかくだから少し早いけどお昼にしようか。私、チーズハンバーグにしよっと」

「私は明太子《めんたいこ》パスタ」

「あれ？　圭、いつものパンケーキじゃなくていいの？」

「黙ってろ」

清水さんはファミレスでいつもパンケーキを頼んでいるのか。それは少しだけ意外かもしれないなどと思っていると、清水さんと目が合った。ギロリと睨まれる。

「何か言いたいことでもあるのか」

「そんなことないよ。パンケーキおいしいよね」

「そうそう、いいよねパンケーキ。圭、本当に明太子パスタでいいの？」

「……パンケーキにする」

「オッケー、パンケーキね。大輝君は何にする？」

そうだった。すっかり自分の分を忘れていた。急いでメニューを眺める。

「それじゃあ僕はカルボナーラにします」

「分かった。了解です」

愛さんが店員さんを呼び三人分の注文をしてくれた。料理が来るのを待つ間に愛さんの僕への質問タイムが始まった。

「大輝君って何人兄弟？」

「僕と妹の二人ですね」

「さっき妹ちゃんいるって言ってたね。妹ちゃんはなんて名前？」

「輝くに乃木坂の乃って書いて輝乃って言います」

「いい名前だね。輝乃ちゃん可愛《かわい》い？」

「家族なのでひいき目ありですけど可愛いと思います」

「なるほど、圭とどっちが可愛い？」

「おい」

清水さんが反射的に口を挟む。愛さんは人を困らせることが好きなのかもしれない。どう答えたらいいのだろうか。

「えっと、清水さんは僕の中だと可愛いというより綺麗《きれい》っていうイメージですね」

正確には質問の答えになっていないが、嘘《うそ》ではない範囲で答えるならこう答えるしかない。

何気なく清水さんの方を見るが、そっぽを向いており表情は窺えない。

「圭！　大輝君、圭のこと綺麗だと思ってるってさ。良かったね！」

愛さんが隣に座る清水さんの髪をわしゃわしゃとなでる。

「うっとうしい、髪に触んな、崩れる。困ったからそう答えただけだろ」

清水さんが愛さんの手を強引に引き離す。

「そんなことないよね大輝君。全く照れちゃって可愛いやつだぜ」

「ははは……」

「それじゃ次の質問いくね。休日は何をしてますか？」

「基本的に家にいますね。漫画読んだり妹と遊んだり、時間が合えば友達ともオンラインでゲームしたりもします」

「インドア派なんだね」

「あまり体を動かすのが得意じゃないので」

「そうなんだ。体を動かすのも楽しいからたまにはやってみてもいいかもよ？　次、味覚の許容範囲は広い方ですか？」

「味覚の許容範囲？」

聞いたことがない言い回しだ。嫌いな食べ物がないかどうかということだろうか。

「僕の理解が正しいか分かりませんが、好き嫌いしないで食べるとは、家族とか友人によく言われますね」

「だからあの暗黒物質も食べられたのか」

「おい」

「暗黒物質とは？」

清水さんが再び口を挟む。暗黒物質とは何を指しているのか。

「なんでもない、こっちの話。次……こっちばっかり聞きすぎるのもあれだから大輝君から質問したいことないかな？」

「質問ですか？」

急に聞かれるとパッと質問は出てこない。

「そんなに悩まなくてもいいよ。好きな食べ物はとか、好きな教科はとか、そんなのでも全然オッケーだから。質問じゃなくても言いたいことでもいいし」

難しく考えすぎていたかもしれない。僕は思ったことをそのまま口にすることにした。

「質問ではないですけど、姉妹で買い物に来るなんて仲がいいんですね」

僕がそう言うと愛さんの口元が少し緩んだ。

「やっぱり大輝君にもそう見えちゃうか。私たち最強ラブラブシスターズだから！」

愛さんが清水さんに勢いよく抱き着く。清水さんは面倒くさそうに引き剝がそうとする。

「誰が最強ラブラブシスターズだ！　とっとと離れろ。暑苦しいんだよ！」

「圭のいけず～。私にだってもう少し素直になってくれてもいいんだぞ」

「十分に素直だ。早く離れろ、なんつう吸引力してんだ」

結局、清水さんが愛さんを元の位置まで戻すのに数十秒を要した。

「もう圭ったらつれないなぁ」

「やかましいわ。人がいる前で抱き着いてくるな」

「二人きりの空間でイチャイチャしたいってこと？　もう圭はいくつになっても甘えん坊

さんですなぁ」

「ああもう、ああ言えばこう言いやがる」

「ふふ」

清水姉妹の息の合った掛け合いに思わず笑ってしまった。

「何笑ってんだ」

「大輝君は私たち美人姉妹の微笑《ほほえ》ましい関係性を見て、つい笑みが零れてしまったんだよ」

「さり気なく自分で美人って言うな」

「私たちが美人でないなら誰が美人さんって話ですよ！　大輝君、君もそう思うよね？」

「は、はい」

圧に負けて思わず反射的に頷いてしまった。二人とも美人なのは事実だけど。

「無理やり言わせてんじゃねえか」

「そんなことないよ。本心だって。いけない、話が脱線しちゃった。大輝君は他に私たちに聞きたいことないかな？」

そうだった。姉妹漫才を聞いていて忘れていたけど、そういえばそんな話をしていた。

「うーん。聞きたいことですか……」

「まあ急に言われても思いつかないよね。じゃあ、また私から質問するね。次は何を聞こうかな……」

愛さん、人差し指を額に当て考えるポーズをとる。

「閃《ひらめ》いた！　でもさすがにこれは攻めすぎかな……」

「僕が答えられる範囲であればなんでも答えますよ」

「そう？　なら聞いちゃおうかな。まずはジャブから。大輝君はどんな子がタイプですか？」

「好みの女の子ですか……」

頭を一瞬俊也《しゅんや》の顔がよぎる。世の高校生というのは、僕が思っていたより恋バナに興味がある生き物なのだろうか。

「そう！　大輝君も年頃の男の子だし、女の子のこんなところ好きとかあるんじゃないかと思いまして」

「な、なるほど」

「それでどう？　思いつかないなら考える時間とるよ？」

「大丈夫です。少し前に友人と似たような話をしたので」

「そう？　それじゃあ改めて聞くけど、どんな子が大輝君は好みかな？」

「僕は清楚《せいそ》な女の子が好きです」

愛さんは清水さんに一瞬だけ視線を移しニヤリとした後で僕に視線を戻した。

「ほうほう、大輝君は清楚な女の子がタイプと……。なるほどなるほど」

愛さんがまた清水さんの方を意味ありげに見つめる。

「な、なんだよ。言いたいことがあるなら言えよ」

「いや、何も？　強いて言うなら健気《けなげ》な妹さんだなと思っただけだよ」

「お前、後で覚えとけよ」

清水さんが拳を握りしめている。

「はいはい。それでは次の質問です。一応言っておくけど、次の質問は答えにくいと思ったら答えなくていいからね？」

「わ、分かりました」

愛さんがそこまで念押しするとは、一体どんな質問をするつもりなのだろうか。

「ずばり、今までに恋人がいたことはありますか！」

全く想定していなかった質問が来た。確かに愛さんが先に言った通り結構攻めた質問だ。人によっては答えにくいかもしれない。どういう風に答えるか考えていると、ふと清水さんと目が合った。

「なんだよ」

清水さんが僕をキッと睨みつける。

「いや、清水さんからしたら、今の時間少し退屈なんじゃないかなと思ってさ」

先ほどからずっと僕が愛さんの質問に答え続けている状態だ。愛さんはなぜか僕に興味があるみたいだけど、清水さんからしたら僕のことなど興味がなく暇なだけなのではないか。

「え～。そんなことないよね圭。クールに取り繕ってるけど、内心は大輝君の知らなかった話を聞けて心臓ドキドキで張り裂けそうな勢いでしょ？」

「勝手に人の心を代弁するな」

「それじゃあホントはどうなの？」

「ぐっ。……別に退屈じゃない」

清水さんはなぜか僕と視線を合わせてくれないけど、ウソは言っていないように見える。

「ほら大輝君の話に興味津々だってさ」

「そこまでは言ってねえだろ！」

「お姉ちゃんアイではそう言っているように見えたんだけどなぁ」

「お前の目、節穴すぎだろ。それで本堂、さっきの質問の答えはどうなんだよ」

「質問？」

「もう忘れたのか？　お、お前に彼女いたことあるのかって話だよ」

確かにその話をしていた記憶がある。なぜだろう、今日は話がすぐに逸れてしまう。また話を忘れてしまう前に答えてしまわないと。

「僕は今まで誰とも付き合ったことはないよ」

「そ、そうか……」

清水さんは口元を手で隠していて表情は読み取れないが、声からはなぜか安堵《あんど》したように感じられた。

「それなら圭も誰かと付き合った経験ないから一緒だね」

「おい、勝手にばらすんじゃねえ」

清水さんが愛さんを睨《にら》む。清水さんは綺麗で一緒にいて楽しいから、今まで付き合った経験がないというのは正直驚きだ。

「人の秘密を教えてもらったなら自分の秘密も教えないとね」

「お前はそんなことしてなかっただろ」

そんな話をしているうちに僕たちの頼んだ料理が順番に運ばれてきた。

「いやぁ、やっぱりここのチーズハンバーグは最高だね」

「この前はここの豚骨ラーメンが最高だって言ってただろ」

「最高はいくつあってもいいんだよ」

「……あっそ」

料理を完食した後、僕たちはドリンクバーを追加で注文し、まだファミレスの中にいた。昼食には少し早いからか店内はまだ空きがある。

「そうだ。さっきは質問途中で終わっちゃったから、また質問していいかな大輝君?」

「はい、大丈夫です」

「答えたくない質問は答えなくていいからな」

「もう圭、そんなに答えにくい質問しないよ」

先ほどの輝乃と清水さんのどっちが可愛いかという質問は少し答えにくかったのだが、愛さん的には問題なしの判定だったらしい。

「じゃあ質問で……」

「飲み物とってくる」

清水さんが席を立とうと腰を浮かせたところで、愛さんがその腕を摑《つか》む。

「なんだよ。質問続けてろよ」

愛さんは清水さんをじっと見つめていたかと思うと、摑んでいる手と反対の手でコップを持った。

「私の分もお願い」

「自分でそれくらい取りに行け」

「え〜、お姉ちゃんのお願い聞いてよ」

愛さんが不満げに口をとがらせ清水さんの腕を揺らす。

「なんで私がお願いを聞かないといけないんだ」

「へぇ、そんなこと言っちゃうんだ、圭。あ、あれ、なんかばらしちゃいそう。おべ、おべ、おべなんだったかなぁ。もうここまで出てるんだけど……」

愛さんは清水さんを摑む手を放し、代わりに人差し指を自分のこめかみに向けた。

「おべ？」

おべから始める言葉はお弁当くらいしか僕には思いつかないけれど、お弁当に関連する何かがあったのだろうか。

「おい、ちょっと黙れ。分かった、飲み物持ってきてやる」

「ありがとう、それじゃあジンジャーエールお願い」

「……愛、家に帰ったらホント覚えてろよ」

「流石《さすが》愛《い》し《と》の我が妹、優しくて涙が出ちゃう」

「絶対許さねえからな」

そう言い残し清水さんはコップを二つ持ってドリンクバーの方へと歩いて行った。

「いいんですか？」

「いいの、いいの、圭はなんだかんだ優しいから許してくれるって」

そうだろうか。最後に見せた清水さんの顔は、とても人に温情を与えてくれそうには見えなかったけど。

「それより質問の続きいいかな？」

「いいですよ」

「圭のことどう思ってる？」

愛さんは出会ってから今までの間には見せたことがないような真剣な表情をしていた。

「清水さんをどう思っているかですか……」

「うん。短くてもうまく言えなくてもいいから、ウソとかごまかしとかなしで答えてほしいな」

何が正解なのかは全く分からないが、一つ分かることはここで取り繕うような発言はしてはいけないということだ。愛さんが真剣に聞いているなら僕も真剣に答える必要がある。

「清水さんは優しい人だと思います」

愛さんの方を見る。愛さんの表情からは何を考えているかは窺い知れない。

「なるほど、どうしてそう思ったの？」

「聞いてると思うんですけど、僕と清水さん、一年の時から同じクラスなんです。それで席替えで隣になってから話すようになったんですけど、清水さんって聞き上手なんですよね。話していて途中で会話を遮ったりしませんし、聞き終わったらしっかり返事してくれますし」

「うんうん」

頷く愛さんの顔は心なしか嬉しそうに見える。

「それって人の話を聞こうって思ってないとできないと思うんですよね。そういうところに清水さんの優しさとかまじめさが出てると思います」

「優しさは分かるけどまじめはどうだろう。だって少し前まで校則ガン無視してバリバリ金髪だったんだよ？」

「それは清水さんの性格からして、清水さんなりに何か理由があってのことだと思います。そういう芯のあるところも清水さんの長所じゃないかと」

「なるほどね。分かった。それじゃ、あと一つだけ聞いていいかな？」

「はい」

一体何を聞かれるのだろうか。思わず息をのむ。

「どうして圭のそばにいるの？」

「それは……どういう意味ですか？」

清水さんの近くに寄るなという警告かとも思ったが、愛さんの表情を見る限りそんな意味ではない気がする。

「ちょっと棘《とげ》のある聞き方になっちゃったかな。圭が一年の頃からクラスで浮いちゃってるのは私も知ってるの。だから大輝君はどうして圭の近くにいてくれるのかなって思って」

そういうことか。だったら僕の答えは簡潔でいいはずだ。

「放っておけないからです」

「それって同情ってこと？」

愛さんが少し不安そうな目で僕を見つめてくる。どうやら言葉が不足していたらしい。

「いえ、違います。さっきも言いましたけど清水さんと話してて僕はすごく楽しいんです。だから放っておけないというのは清水さんが面白い人だからってことです。一緒に過ごしてて楽しい気持ちにさせてくれる人と一緒にいたいと思うのは当たり前じゃないですか？」

愛さんが大きく目を見開く。会話が止まり周りの人たちが話す声が鮮明に聞こえる。沈黙を破ったのは愛さんだった。

「ありがとう、真剣に答えてくれて。それが今の君の答えなんだね」

「はい」

僕の返事を聞くと愛さんはふにゃっとした笑顔になった。

「あ〜、まじめモード疲れる。やっぱまじめなお姉さんぶるもんじゃないね」

「あの……さっきまでの質問は？」

話しやすい雰囲気になったところで、先ほどの質問の意図について聞いてみることにした。

「ああ、そりゃ気になるよね。中学生の圭って結構モテてたんだよ。それで様々な人が圭に言い寄ってきたけど、その中の誰もが圭の内面までは見てくれようとしなかった」

中学の頃の清水さんがモテていたとは少し驚いたけど、考えてみれば清水さんは優しいし面白いし綺麗だから無理もない。愛さんが話を続ける。

「圭から大輝君の話を聞いて、君は圭の内面をちゃんと見てくれているのか気になってさ。それであんな質問をしたわけ。ごめんね意地悪して」

「いえ、大丈夫です」

つまり先ほどまでの質問は、清水さんのことを心配してのものだったということだろう。

「ありがとう、それで悪いんだけど、最後に一つ頼まれてくれないかな」

愛さんが再び真剣な表情になる。

「なんですか？」

「黒髪に戻してから圭のことをいいなっていう声を聞くんだよね。圭が中学生の頃は、私が卒業するまでそういう人たちを牽制してたんだけど、今は生徒会の仕事があって手が回らないんだ。圭を気にしている人の中にはあまりいい噂《うわさ》を聞かない人もいて心配でさ」

なるほど話が分かってきた。愛さんは清水さんに危ない目に遭ってほしくないのだろう。

「じゃあ僕は清水さんのボディーガードみたいなことをすればいいんですか？」

「いや、それだと大輝君がケガしちゃうかもしれないでしょ。それは私も圭も望んでないよ。だから大輝君はずっとじゃなくていいから、圭のそばにいてあげてほしいの」

「近くにいるだけでいいんですか」

確かにケンカとかに発展した場合、帰宅部で普段あまり運動していない僕が清水さんを守り抜けるかは怪しいけれど。

「気になる異性の近くに他の同性がいるだけでも結構な抑止力になると思うんだよね」

「なるほど」

僕は経験がないから分からないけど、そういうものなのだろうか。

「受けてくれるかな？」

「そのことなんですけど、断ってもいいですか？」

「えっ」

愛さんは心底驚いているように見える。また少し言葉が足りなかったのかもしれない。

「いや、違くて。僕、清水さんとの会話が好きなんですよね。だから頼み事されたから近くにいると思われるのはなんとなく嫌というか……。だから愛さんからの頼み事はなかったことにしませんか？　頼み事がなくても僕、清水さんが嫌と言わなければきっと近くにいると思うので」

愛さんが僕の話を聞きホッとした表情になる。

「あ〜、そういうことね。良かった〜。私が意地悪したせいで圭を嫌いになっちゃったのかと思って焦ったよ」

「心配させてすみません。そういうことで頼み事はなかったことにしていいですか？」

「うん。それなら全然オッケーだよ」

「何がオッケーなんだ」

聞こえた声の方を向くと、そこにはコップを二つ持った清水さんが立っていた。

「それは……。私と大輝君のひ・み・つ」

愛さんが清水さんにウインクする。

清水さんは顔をしかめながらコップを自分と愛さんの前に置いて座った。

「……まあいい、ジンジャーエールだったよな？」

「うん、ありがとう。それにしても少し遅かったね」

「ドリンクバーに思ったより人が多くて並んでたんだよ」

「そうだったんだ。大変だったね」

「そう思うなら次から自分の分は自分でやれ。それで何を話してたんだ？」

「そりゃ圭の可愛いところ談義に決まってるじゃありませんか」

愛さんが堂々とウソをつく。どうやら先ほどの二人での会話は清水さんには内緒にするつもりらしい。

「なっ」

「小さい頃は、お母さんに大好きな甘いもの、いつもおねだりしてたとか、小学生の頃ホラー映画見て怖くなって私の部屋に来たりとか、他には……」

「もういい、それ以上言うな」

「今更私を止めても無駄だよ。圭の可愛い過去はもう大輝君に隅から隅まで知られてしまったのだから」

「おい、本堂、さっき聞いたこと今すぐ全部忘れろ」

「ど、努力します……」

そもそも愛さんのウソだから、清水さんの可愛い過去は全然聞けていないのだけど。

「絶対忘れろよ。それに今はホラー見たって平気だからな」

清水さんがテーブル越しに顔を近づけ謎の弁明をする。

「清水さん、ちょっと顔が近い……」

言われて気づいたのか、素早く清水さんが僕から距離を取る。

「おお！　攻めるねえ圭」

愛さんがニヤニヤしながら清水さんの方を見る。

「わざとやったみたいに言うな」

「またまた圭さん、私は分かってますよ」

愛さんが清水さんの肩をポンポンと叩く。

「何分かったようなツラしてんだ！」

清水さんの叫びがファミレス中に響いた。

お昼に近づき混み始めてきたファミレスを後にして、僕と清水《しみず》姉妹はショッピングモール内のベンチに腰かけていた。

「さて、お腹《なか》もいっぱいになったことですし目的地に向かいますか」

「そういえば聞いてませんでしたけど、今日の愛《あい》さんたちの目的ってなんだったんですか？」

同行に同意はしたものの行く先はまだ確認していなかった。

「あれ、言ってなかったっけ？　今日は私と圭《けい》の服を買いに来たんだよ」

「え？」

それは僕がついて行っても大丈夫なのだろうか。

「服買うならやっぱり異性の意見も欲しいじゃん？　いつもは私の幼馴染《おさななじ》み連れてくるんだけど、今日は用事があるから行けないって断られちゃってさ。どうしようかなって思ってたらちょうど大輝《だいき》君がいたってわけ」

「そうだったんですか。でも僕、あまり服の良《よ》し悪《あ》しとか分からないのでお力になれるかは分からないですよ？」

　これは偽りなき僕の本音だ。正直、いつも休日は今のようにパーカーばかり着ているから、どんな服がいいかなんて全然分からない。

「そんな緊張しなくていいよ。私の幼馴染みなんて、いつも何を着てもまあいいんじゃないかしか言ってくれないし……」

「はは……」

　思わず乾いた笑い声が出る。なぜだろう。愛さんの笑顔に少し闇を感じる。一瞬愛さんの目から光が消えたような。

「そういうことだから、別にファッションセンスとかは気にしなくていいから。それに圭も大輝君に服見てもらいたいよね？」

　愛さんが清水さんの方に目を向け同意を求める。

「……私はどっちでもいい」

「でもどちらかというと大輝君に見てもらった方が嬉《うれ》しいと」

「勝手にセリフ付け加えるな」

「我ながら寸分違わず圭の心を読んだつもりだったんだけどなぁ」

「一ミリも合ってねえから」

　清水さんが愛さんを冷たい目で睨む。愛さんは全く気にしていないが。

「合格点貰《もら》えるくらいに読めてたと思ったんだけどまあいいや。圭もどっちでもいいってことは、大輝君がいてもいいってことでしょ？　じゃあ、全員の合意も取れたことだし早速行こうか」

「行こうかって、店はそれぞれ行きつけのところに行くって話じゃなかったか？」

「そうなんですか？」

初耳の情報だ。てっきりはじめから、二人は一緒に同じお店で買い物する予定なんだと思っていた。

「元はそうだったけど、大輝君のお話を聞いて方針変更しました。みんなで一緒に私がよく行くお店に行きましょう」

「なんでだよ？」

「だって圭のよく行くお店の服は、清楚《せいそ》っていうよりボーイッシュでカッコいい服がメインじゃん。これから行くお店は可愛《かわい》い服から清楚な服まで色々取り扱ってるから、そっちの方が圭にとってもいいんじゃない？」

「なっ」

愛さんがなぜか僕に視線を向ける。清水さんも僕をチラリと見てくる。見てくるというか睨んでくる。

「よし！　反論がないみたいだし今度こそ出発進行！」

その愛さんの一声をきっかけに僕たちは動き出すことになった。

僕と清水姉妹はショッピングモール内の衣類を主に取り扱うエリアに移動した。

ここには男女一人ずつの二人組はそれなりにいるが、男一人に対して二人の女性がいる三人組はなかなか見かけない。

周りから視線を感じるのは僕が気にしすぎというわけではないだろう。

愛さんは先ほど冗談半分で言っていたようだが、清水姉妹は客観的に見てどちらも美人だ。そんな二人と共に歩いている男がいれば周囲が気になるのも無理はない。

「あの愛さん、ちょっと居づらいんですが……」

とりあえず清水さんの右隣にいる愛さんにささやかな抗議をしてみる。

「居づらい？」

愛さんがぐるりと辺りを見回す。

「そういうことか。気にしなくても大丈夫だよ。他のお客さんも可愛い女の子二人と一緒に歩くラッキーボーイがちょっと気になるだけでしょ」

「だから自分で可愛いとか言うな」

僕の右隣に立つ清水さんがすかさずツッコミを入れる。

「言うだけならタダだし、いいじゃん。そんなこと言ってないで、お店に着いたから早く中に入ろうよ」

そう言うと、僕と清水さんが何か言うより先に愛さんはお店の中に一人で入っていった。置いていかれてしまった僕は清水さんの方に視線を向けた。

「観念しろ。店の中にいた方が視線も少ないだろ。私たちもさっさと店に入るぞ」

清水さんはそれだけ言うと店まで歩き始めた。

「待ってよ清水さん！」

僕は慌てて清水さんの後ろに続いた。

「お〜い。主に大輝君、試着第一陣決まったから試着室に来て〜」

お店の中に入ると、店の奥の方から愛さんの声がはっきり聞こえた。もう最初に試着する服を決めてしまったらしい。

「清水さん、試着室の場所分かる？」

「ああ、愛に連れられてここにも何度か来てるからな。ついてこい」

清水さんに案内され、僕は試着室へと向かって歩いた。

「おい、愛、来たぞ」

試着室の前まで来た僕と清水さんはカーテンが閉まっている試着室を見つけた。

「よくここが分かったね。見つけてくれてよかったよ」

「見つけてやったからもう帰っていいか？」

「ちょっと待とう？　ウルトラビューティーなお姉ちゃんが更に着替えてアルティメットビューティーになったんだよ。一回見よ？　ね？」

「ビューティービューティーうるせえな。見せるならさっさとカーテン開けろ」

「妹が冷たくて辛いんだが。まあいいか、カーテンオープン！」

その声と同時に試着室のカーテンが勢いよく開いた。

「どうかな？」

そこにいたのは、シャツの上に少し大きめの黄色いカーディガンを羽織った愛さんだった。下は白いミニスカートで脚線美をこれでもかと見せているようだった。

「イエローのカーディガンに白いミニスカートを合わせてみました！」

「なんかあざとい。マイナス五億点」

「雑なうえに理不尽極まりない！　圭ったら辛口すぎてまた涙が出そう」

「そう言っていつも泣いてないだろ」

「心が泣いてるの。大輝君はどうかな？」

そうだ、僕は参考になるような意見を言う必要があるのだった。

何を言えばいいんだろうか。素直に脚お綺麗《きれい》ですねと言ったら引かれそうな気がする。

でも妹以外の女性の着こなしについて意見などしたことがないから、どこをどう褒めればいいかも分からない。世の男性はどうやって女性の服に意見を言っているのか。

「あれ、大輝君聞いてます？」

「は、はい。ちょっと待ってください」

もう時間は残されていない。僕は貧弱な語彙からできる限りの感想を伝えることにした。

「明るい色のカーディガンが愛さんによく似合っていると思います。なんというか、いつもは綺麗って印象なんですけど、今回はキュートって感じがしました」

店内がシーンと静まり返る。愛さんは僕の意見を聞いてどう思ったのだろうか。

「ねえ圭、聞いた？　カーディガン似合ってて今回はなんとキュートだって！　私すごく褒められちゃったよ！」

良かった。愛さんのテンションは高い。これが高度な演技でなければおそらく僕の意見に満足してくれたのだろう。とりあえず一安心だ。

「本堂《ほんどう》、お前、愛の脚をジロジロ見てなかったか？」

安心していたら思わぬところから告発された。脚を注視していると思われないようにミニスカートにはあえて言及しなかったのに、清水さんにばっちり見られていたのか。

「大輝君、本当なの？」

愛さんが僕の方をまっすぐ見つめてくる。

言い逃れはできそうもない。するつもりもないけど。

「はい、清水さんの発言は正しいです」

思わず目がいってしまっただけだけど今更弁明の余地はない気がする。

愛さんは一瞬真剣な顔をしたがすぐにいつもの笑顔に戻った。

「まあオッケー。私のキュートで大人な魅力に抗《あらが》えなかったということで」

ほっとする。なんとか有罪は逃れられたみたいだ。

「……コイツ、前に私の脚もじっと見てたぞ」

「清水さん⁉」

確かに前の美術の時間に清水さんの脚を見ていた時はあった。ただ清水さんはその時のことをもうとっくに忘れたと思っていたのに。

「大輝君、圭の今の発言本当かな？」

「……間違いありません」

愛さんが心なしか先ほどより冷たい目で僕を見ている。愛さんは少しの間その目で僕を見つめた後、また笑顔を見せた。

「許しましょう。圭の脚は引き締まっていて私とはまた違う美しさがあるからね。大輝君が見とれてしまうのも仕方ないよ」

清水姉妹の中で僕は完全に脚フェチとして記憶されてしまったようだ。

「それでいいのかよ」

「私の心は大海のように広大だからね。圭も大輝君になら別にいいでしょ？　それにもう私の勝利も決まっちゃったし」

「何の勝負に勝ったんだよ？」

清水さんが疑問を口にする。僕も正直分かっていない。

「何って、どちらが大輝君の好みの服を選べるか対決だよ」

「勝手に一人でやってろ」

清水さんはやってられないとばかりに愛さんを突き放すような言葉をかける。

「へぇ」

「な、なんだよ」

愛さんがなぜかすごい悪い笑みを浮かべている。

「圭は自信ないんだ？　いくらウルトラビューティー姉妹と言ってもね。姉と妹の間には天と地ほどの差があるからね。そりゃ圭も勝負する前から逃げ出しちゃうよね」

煽っている。分かりやすい挑発だ。さすがに清水さんもこんな安い挑発に乗るわけが……。

「……いいよ」

「え？」

「いいよ！　その勝負乗ってやる！」

（挑発に乗っちゃったよ清水さん！）

僕が想像していた以上に清水さんは煽りに対しての耐性がなかった。清水さんを挑発する人なんて僕のクラスにはいなかったから知らなかった。新しい発見だ。

「ふふふ、圭なら乗ってくれるって思ってたよ。どちらが大輝君の好みの服を選べるか、対決のルールは簡単。試着して最後に大輝君により似合ってると言ってもらった方の勝ち。試着はお互い二回まで。だから私はあと一回だね。それでは位置についてよーいスタート！」

その掛け声とともに清水さんは僕の視界から消えた。

「愛さん、清水さんにどうしてあんな煽るようなこと言ったんですか？」

余裕そうにまだ試着室に残っている愛さんに疑問を投げかける。愛さんなら、あんな風に言えば清水さんが勝負に乗ると分かっていたはずだ。

「たまには圭にいつもと違う雰囲気の服買ってほしくてさ」

「というと？」

「圭って普段ボーイッシュな服しか着ないからさ。確かにカッコいい系の服も似合うけど、圭は綺麗で可愛くもあるんだから、そこも生かすような服もたまには着てほしいじゃん？だからこの勝負を挑んだわけ。このお店はさっきもちょっと言ったけど、可愛い系とか綺麗系の服が多いからちょうどいいと思ったんだよね」

「なるほど。そういう意図があったんですか」

愛さんには愛さんなりの考えがあったようだ。

「まあ私がいつもと違う服装の圭を単純に見てみたいというのもあるけどね。ということで私もそろそろ着替えて二着目探してくるよ」

愛さんはそれだけ言うと試着室のカーテンを閉めた。そこである疑問が生まれた。

（あれ、二人が服を選んでる間、僕はどうすればいいんだろう？）

疑問は解決されることはなく、結局二人が試着する服を決めるまで僕は店内で虚無の時を過ごすことになった。


「よし、圭も何着か服を選んできたみたいだね」

「おう。今更吠《ほ》え面《づら》かくなよ」

あれから少し経《た》ち、僕たち三人はお店の中の試着室が二つ隣接した場所まで来ていた。

幸い他にお客さんは少なく試着に多少時間をかけても問題はなさそうだ。

「私は既に一回試着見せたから次は圭だね」

「分かった。着替えるからカーテン一旦閉めるぞ」

清水さんがいる方の試着室のカーテンが閉じられる。

「この中で圭が着替えてると思うとドキドキしない？」

暇なのか隣の試着室にいる愛さんが声をかけてきた。

「聞こえてるぞ。本堂、変な想像したら許さねえからな」

考える前に釘《くぎ》を刺される。確かに異性に自分が服を脱いだ姿を想像されるのは嫌だろう。

「想像の自由を奪わないで！」

誰の意見を代弁しているか分からないが、愛さんが抗議を始めた。

「それは想像というより妄想だろ。まったく、もう着替え終わったぞ」

「ええ、早くない？　早着替えの達人さんですか？」

「なんでちょっと残念そうなんだ。カーテン開けるぞ」

カーテンが開くと、そこには緑色のブラウスを着た清水さんが立っていた。下はベージュのロングスカートを穿《は》いていて、先ほどの愛さんと比べると脚の主張は少なめだ。ただ今日着ていたカッコいい私服とのギャップがあり少しドキッとした。

「……おい、なんか言えよ」

「圭、羞恥心に負けたね？」

僕がコメントを考えていると、愛さんがニヤッとしながら清水さんに声をかけた。

「は？　な、なんだよ急に」

「確かにグリーンのブラウスとベージュのフレアスカートの組み合わせは似合ってます。でもね圭さん、私見たんですよ。圭さんが買い物カゴにミニスカート入れてるの。私が試着した時の反応からミニスカートの受けがいいと知っていて穿かない理由は一つしかない。ミニスカート穿くのが恥ずかしくなっちゃったんだね」

「なっ」

清水さんの反応からしてどうやら図星らしい。

「本当に可愛い妹ちゃんよな。だが勝ちはもらったぜ」

愛さんは右手を上に突き上げて既に勝ち誇った顔をしている。

「ま、まだ分かんないだろ」

「まあ一応そうだね。大輝君、君の感想を言ってあげてよ」

なぜか僕が愛さんの部下というか手下みたいになっている。

「は、はい。今清水さんが今着ているブラウスとロングスカートの組み合わせは落ち着いたちょっと大人な女性って感じがしていいと思いました」

「……お、おう」

清水さんが弱々しく返事をする。そんな反応をされるとこっちもどう対応すればいいか分からなくなってしまう。

「だけど私の生足には敵《かな》わないと」

「そんなこと言ってねえだろ。というか、それなら勝ってるのはお前が選んだ服じゃなくて脚じゃねえか」

「負け犬が吠えよる」

清水さんを煽ることにかけては愛さんの右に出る者はこの地球上にいないだろう。

「誰が負け犬だ。噛《か》むぞ」

「圭に噛まれるなら本望よ。それで大輝君、今のところどっちの服が好みかな？」

愛さんのキラーパスはどうやったら未然に防げるのだろう。

「どちらもそれぞれ良さがあると思うので決められないんですけど……」

「大輝君、優しさは時に何よりも人を傷つけるんだぜ？　さあ、本音を言うんだ！」

「愛の発言はともかく、これは勝負だからどっちかにしろ」

どちらもいいと思うのは本心なのだけど、この場では決めなくてはいけないらしい。

「二人の試着をもう一回見てから決めてもいいですか？」

困った僕は選択を先送りにすることにした。結局選ぶのは一緒だが、せめて一度だけで済ませたい。

「そうだね。最初からそういう話だったし、もう一度着てみてからにしようか」

「愛がそう言うなら私もそれでいい」

こうして対決は次のラウンドへと進んだ。

「さっきは私が先だったから次は圭に先行譲るよ」

「分かった。今度は私が先だな」

清水さんは再びカーテンを閉めて着替え始めた。

「まあ私の勝利はほぼ決まっているわけですが、圭さんはどうするのかな？　ミニスカート穿いちゃう？　それでも私がファーストミニスカートはいただいたから、インパクトに少し欠けると思うけどね」

「愛さんそこまで言うとフラグでは？」

対戦相手にここまで言うと勝つと断言していれば、マンガの世界なら敗北コースまっしぐらだ。

「大丈夫、私くらいになると負けフラグの製造から破壊まで一手に引き受けてるから」

「折るくらいならはじめから立てるな」

「圭、着替えもう終わったの？」

「ああ」

そう言うと清水さんがカーテンを少しだけ開け、首から上だけこちらに出した。

「何恥ずかしがってるの？　はっ、もしかして私よりも更に露出度の高い恰好《かっこう》を！」

「そんなわけねえだろ。ただあまり着たことない服だから慣れてねえだけだ」

「もう着てるんでしょ。ならいいじゃん。はい、オープン！」

「お、おい」

愛さんは清水さんが摑《つか》んでいたカーテンを奪い取り、そのまま開けた。

そこに立っていたのは純白のワンピースを身にまとった清水さんだった。

「なんだって……」

愛さんは清水さんの姿を見て膝から崩れ落ちた。

「肩とか露出していないシンプルなデザインの白ワンピだね。だからこそ逆に圭の素材の良さを十二分に生かしている。我が妹ながらあっぱれである」

「なんでちょっと上から目線なんだ。お前はどう思う本堂……本堂？」

「あ、ごめん」

思わずハッとする。清水さんのワンピース姿に目を奪われていて何も考えていなかった。

「謝らなくてもいい。それでどうだ？」

大急ぎで頭をフル回転させる。だけどいくら考えても今の清水さんにふさわしい言葉は思いつかなかった。

「やっぱ似合わないか……」

清水さんの表情は普段見せない憂いを帯びたものだった。そんな顔をしてほしくなくて僕は思わず口を開いた。

「似合ってる」

「本堂？」

「そのワンピース、清水さんによく似合ってるよ。綺麗だ」

「なっ、何言って……」

清水さんが表情を変える。その表情から今はもう悲しんでないことだけは理解できた。

「良かったね圭。綺麗だってさ」

「繰り返すな」

改めて清水さんの顔を見ると、いつもよりほんのり赤くなっている気がした。

やはり人に見せるには清水さんにとっては勇気のいる恰好だったのだろうか。

「清水さん、顔赤いけど大丈夫？」

「誰のせいだと……」

「圭は大丈夫だよ。言葉で示せない分、お肌が素直になっちゃっただけ」

清水さんの発言に被り気味に愛さんが答えてくれた。

後半はよく理解できなかったけど、愛さんが大丈夫と言うなら平気なのだと思う。

「何言ってるんだ。もう着替える」

そう言うと清水さんはカーテンを閉めた。

「ええ、もう終わりなの！　まだ私、圭のワンピ姿スマホで撮影してないよ！」

清水さんからの返事はない。少しするとカーテンが再び開かれた。

そこには着替える前のボーイッシュな服装に戻った清水さんがいた。

「あ〜、本当に戻しちゃった。圭のワンピ姿なんて激レアなのに……」

そう言って愛さんは存在しない涙を拭いていた。

「次は愛の番だろ。さっさと着替えろよ」

「私はもういいや」

愛さんはあっけらかんとそう言い放った。

「は？」

「さっきの圭のワンピが最強すぎて勝てる気がしないので降参します。参りました！」

「お前それでいいのかよ」

「うん！　圭のワンピ姿見れて大満足なので悔いはないよ！」

確かに愛さんの表情には後悔はみじんも感じられない。

「……勝った気がしねえ」

清水さんはそう言いながらワンピースを手に持ってレジの方へと歩いて行った。そして素早く会計を終えたかと思うと、また僕と愛さんがいる試着室前に戻ってきた。

「あれ、圭、そのワンピ買ったの？」

「ああ」

「なんだ、それならそうと先に言ってよ。さっき泣いて損したじゃん。これで圭のワンピ姿をいつでもどこでも見放題だぜ！」

「気持ち悪いこと言うな。というか元から泣いてないだろ。そもそもそんな頻繁にこの服は着ねえよ」

清水さんは半分くらい本気で引いてそうだ。そんなことを思っていると、清水さんと一瞬だけ目が合った。

「お前も私に何か言いたいことあるのか？」

「あのワンピース似合ってたから清水さんも気に入ったなら良かったなって」

「なっ、またお前、当たり前のようにそんなこと言って……。お前に似合ってるって言われたから買ったわけじゃないからな！　まあいい、私の分はもう買ったから後は愛が服を選ぶのを待つだけだ」

「私ももう決めたよ？」

「え？」

「これを買うことにしました！」

愛さんをよく見ると、はじめに試着したカーディガンを抱きしめていた。

「あのミニスカートはいいのか？」

「あれを穿いちまうと世の男性を悩殺しちまう危険性があると判明したから、今回は見送ることにしたぜ」

愛さんが僕の方を見てウインクをくれた。ほぼ同時に清水さんがこちらを睨んでくる。

「はは……」

清水姉妹から視線を向けられ僕は苦笑いしかできなかった。

「……それで愛がいいなら私はいい。買い物終わったなら店から出るぞ」

清水さんのその言葉をきっかけとして僕たちは店を後にした。未《いま》だ僕の頭には清水さんのワンピース姿がなぜか鮮明に残っていた。

「今日の目的はこれで終わったな。これからどうする？」

「え？　なんのために早々に服決めたと思ってるのさ」

「知らねえよ」

清水《しみず》さんの返事はともかく、僕も理由が知りたい。

「三人でたくさん遊ぶために決まってるでしょうが！」

「は？」

どうやら清水姉妹とのショッピングモール巡りはまだまだ続くようだ。


「来たぜゲーセン。この地が私を呼んでいた！」

「誰も呼んでねえよ」

清水姉妹の服を買い終え、僕たち三人はショッピングモール内にあるゲームセンターまで来ていた。休日だからかそれなりに人はいる。

「さて何から始めようか。二人は何かやりたいゲームとかある？」

「僕は特にないです」

「私もねえ」

「なるほど。それじゃまずは私がいつもしてる、みんなで一緒にできるゲームをやろうぜ！」

愛《あい》さんの目はキラキラと輝いている。よほど遊ぶことが楽しみなのだろう。

「ちゃんと三人でやれるゲームなのか？」

「オフコース！　まあ大船に乗ったつもりでついてきてよ」

「その船、泥船じゃねえだろうな……」

僕と清水さんは半信半疑で愛さんの後ろを追いかけた。

「はじめにやるゲームは……これだ！」

「おい、なんだこれ」

「何って見れば分かるじゃん。エアホッケーだよ」

確かに愛さんの言う通り、僕たちの目の前にはエアホッケーがあった。確かこのゲームは、マレットと呼ばれる器具を使ってパックと呼ばれるプラスチック製の円盤を打ち合い、相手のゴールに入れるゲームだったはずだ。

「そういうことじゃねえ。なんで三人で楽しめるゲームでまずエアホッケーなんだよ！普通二人か四人でするゲームだろ、これ！」

「二人でも四人でも遊べるなら三人でも大丈夫じゃない？」

「それだと二人いる側が絶対強いじゃねえか。それとも交代制にでもするのか？」

清水さんが提案したように、交代しながら遊べば戦力差はそこまで生まれない気はする。

「それだと余ってる一人が暇じゃない？　一対二でやろうよ」

「誰が一人で戦うんだよ」

「それはもちろん年上の私が一人で戦いますよ。かかってきな、ひよっこたち！」

「愛さん本当に大丈夫ですか？　僕が一人側でもいいですよ？」

こういう場合に二チームに分かれる必要があるのだったら、男の僕が一人側になった方が戦力バランス的にいい気がする。

「ふっふっふ、こう見えて私エアホッケーが大好きで、友達とゲームセンター来るといつも遊んでるの。だから心配しなくていいよ大輝《だいき》君」

どうやら愛さんはエアホッケーの腕に相当自信があるみたいだ。それなら愛さんの言う通りのチーム分けでもいいのかもしれない。

「分かりました。清水さんも僕と同じチームでいいかな？」

「お前らがそのチーム分けでいいなら私もそれでいい」

「じゃあチームは決まったね。それじゃあ、エアホッケー始めるよ！」

こうして僕と清水さんバーサス愛さんによるエアホッケー対決が幕を開けた。

「こっちからパック出たから私から始めるね」

「おう。こいよ」

愛さんの方にパックが排出されたようだ。愛さんがパックを置き構える。

「いくぞ！　おりゃ！」

愛さんがパックをゴールに向かって打ち込む。打ち込まれたパックが清水さんの前まで近づいてきたと思った次の瞬間、カンという音という音と共にパックが消えた。

「え？」

気づくと僕たちの方のスコア欄に1という数字が刻まれていた。清水さんの打ち返したパックがいつの間にかゴールに入っていたのだ。

「私はさっきの店での勝負に納得いってねえ。だからここで勝ってスッキリさせてもらう」

清水さんの顔には捕食者の笑みが張りついていた。

「ヤバいよ大輝君。なんか圭《けい》、スイッチ入っちゃってる！」

「今からでも僕が交代しましょうか？」

このままだと清水さんが無双して一方的なゲームになってしまう気がする。僕が愛さんと代わったとしてもそうなりそうだけど。

「大丈夫！　私に秘策があるから！」

それを言ってしまっていいのか。愛さんはパックを持つと清水さんの後方を指差した。

「あれ？　なんだあれは！」

僕と清水さんが後方を向くが特に何も変化はない。

「隙あり！　くらえ必殺！　勝利のビクトリースマッシュ！」

パックを打つ音が聞こえる。言うが早いか愛さんは僕たちのゴールに向かってパックを打ち込んできていた。完全なる不意打ちだ。パックがゴールに入ったと思った瞬間にカンという音が響く。スコア欄を見ると僕たちのチームの方に2という数字が記されていた。

「なんだって……」

愛さんは動揺を隠しきれていない。

「まったく何するかと思えば……。昔から同じ手使ってんだからもう通じるわけねえだろ。あと、必殺技の名前が勝利とビクトリーで意味被ってんだよ」

「なんてことだ……。姉妹の美しい思い出が徒《あだ》になるなんて……」

「姉妹で遊んでいる時は正々堂々としてくださいよ」

愛さんは秘策も不発に終わり、これから一体どうするつもりなのだろうか。

「くっ、この手は卑怯《ひきょう》だからできれば使いたくなかったけど仕方ない」

先ほどの作戦の時点で十分卑怯だったから、正直そこはもう気にしなくていいと思う。

「いいから早く打ってこいよ」

清水さんは依然としてやる気に満ちあふれている。この清水さんから愛さんがゴールを奪えるとは思えないのだけど。

「いくよ！　作戦名、思ったより彼との距離が近くてドキドキしちゃう……この気持ちは一体なんなの……作戦！　おりゃ！」

愛さんが作戦名を告げると同時にパックを僕たちのゴールめがけて打ち込んできた。

「長いわ！」

清水さんがツッコミと共にパックを打ち返す。

「なんの！」

しかし先ほどよりパックの速度が遅かったのか、愛さんが更に打ち返してくる。パックは僕と清水さんの中間くらいの位置にくる軌道を描いていた。パックを打つために清水さんが移動を開始したかと思えば、僕の方を見てなぜか急に減速して足を止めた。

「清水さん⁉」

なんとか打ち返したけど慌てて打ったせいで芯を捉えきれずパックはゆっくり愛さんの方へ向かった。

「チャンス！　おりゃ！」

愛さんの打ったパックは打ち返されることなく見事に僕らのゴールへと入った。

「清水さんどうして途中で止まったの？」

「だ、だってお前が思ったより近くにいたから……」

「どういうこと？」

なぜ僕が近くにいるとパックが打てないのだろう。

「ふっふっふ、私の作戦はどうやら成功したみたいだね」

愛さんが腕を組んで得意げな表情をしている。

「作戦ってあの長くて意味わかんないやつのことか？」

「酷評されてちょっと泣きそうだけどその通り！」

ビシッと愛さんが清水さんを指差す。

「圭さん、あなたには弱点がありますよね？」

「急になんだよ」

弱点？　僕もこの場で不利になるような清水さんの弱点は特に思い浮かばない。

「あなたは大輝君が隣にいるとむぐっ……」

愛さんが話し始めると同時に清水さんがすごい勢いで愛さんの方へと向かい、正面から手を用いて物理的にその口を塞いだ。

「お前いきなり何言おうとしてんだ！」

「むぐぐ……」

愛さんが清水さんの手を何度かタップしギブアップを宣言する。清水さんがそれを見て愛さんを解放した。

「危なかった……。危うくヘヴンに旅立つところだったぜ……」

「お前がさりげなくとんでもないこと言おうとしたからだろ」

愛さんは結局何を言おうとしていたのか。僕が隣にいると清水さんに何が起きるというのだろう。

「まだ何も言ってなかったじゃん。まあとにかく、うぶな圭さんは大輝君のあんな近くでは本領発揮できないわけです。そこを突けば私でも余裕で勝てちゃうというわけさ！」

「お前……それで勝って嬉《うれ》しいのか？」

「いいの！　勝てれば何をしたっていいんだよ！」

「急に勝利至上主義になるなよ。いつもは楽しむこと優先で、勝ち負け気にしないくせに」

確かに愛さんはあまり勝利に固執するような性格には見えない。

「ああ言えばこう言うんだから！　もう君は早く大輝君の隣に戻りたまえ！　ボコボコにしてやんよ！」

愛さんがファイティングポーズをとり空にパンチを放つ。清水さんはまだ言いたいことがありそうだったが愛さんに追い払われてこちらへと戻ってきた。

「清水さん良かったの？」

「アイツもう耳貸す気ないからな」

「僕にもそう見えたけど……。それにしても清水さんごめんね」

「何を謝ってんだ？」

清水さんは思い当たる節がないような顔をしている。

「よく分からないけど清水さんがさっき本調子じゃなかったのは僕が原因なんだよね？」

「あっ……。あ、あれはなんというかお前が原因だけどお前のせいじゃないというか……」

「うん。……うん？」

僕は悪いのか悪くないのか、どちらなのだろうか。

「まあお前は気にしなくていい」

「分かった。だけどさっきみたいに二人ともとれる位置にパックが来たらどうしようか？」

「場所で担当を分ける。こっち半分は私が打つからそっちにきたらお前が打て」

それなら先ほどのような展開になってもあたふたしなくて済むだろう。

「了解。それじゃあ最初に打つのは清水さんにお願いしていいかな」

「ああ」

「二人とも作戦準備はもういいかい？　それじゃあかかってきな！」

「もうさっきみたいにはいかねえからな」

清水姉妹によるエアホッケー対決第二部が始まった。

「おりゃ！」

「清水さんいったよ！」

「分かってる！　オラッ！」

　清水さんが素早く移動しパックを打ち返す。愛さんは反応しきれずにパックはそのままゴールへと入っていく。今回は僕たちの得点みたいだ。

「はぁ……はぁ……圭、なかなかやるね。大輝君ともだんだん息が合ってきたみたいだし。ちょっとお姉ちゃん妬《や》けちゃうぜ……」

「お前も思ったよりやるじゃねえか愛」

　残り時間は一分を切り得点は現在五対五の同点となっていた。僕らのチームは清水さんが運動神経を生かした重い一撃で相手のゴールにパックを打ち込み点数を稼ぎ、愛さんは僕たちが場所で担当を分けた後も精密なコントロールでちょうど境となる位置にパックを打ち込み得点していた。

「時間もあと少しだね」

「ああ、次をとった方が勝ちだな」

「そうだね。そして勝った方が敗者に命令できると」

「は？　急に何言ってんだ？」

　自分の方にパックがあり有利だと思ったのか、愛さんはここにきて新ルールを追加しようとし始めた。

「勝者が敗者に対して命令する権利があるのは当然のことでしょ？　あれ、もしかして圭、自信ないの？」

「清水さん、あれは愛さんの挑発だから乗っちゃだめだよ」

「分かってる。あんな見え見えの挑発に乗るわけ……」

「あれれ〜。圭さん二対一でめっちゃ有利なのにビビっちゃうんだ。へぇ〜」

「いいだろう。その提案乗ってやる」

「清水さん⁉」

清水さんは僕が思っていたよりもはるかに挑発に耐性がなかったようだ。ちょっと清水さんのことが心配になってくる。

「じゃあ決まりだね。それじゃあ残り時間も少ないしいくよ必殺！　ネバーエンディングアタ――ック！」

愛さんが今回も絶妙なコースにパックを打ち込んでくる。

「私が打つ！」

「分かった！」

僕の方がパックに近かったけど僕は清水さんを信じて任せることにした。

「オラッ！」

清水さんが打ち返したパックが愛さん側のゴールへ一直線に向かう。ゴールを確信した次の瞬間、カンという音と共にパックが消えた。

「は？」

気がつくとスコアは更新されていて愛さん側の数字が6に変わっていた。それと同時にゲーム終了のブザーが鳴る。激闘のゲームは六対五で愛さんに軍配が上がったのだった。

「油断したね。どっちが打つのかと打つコースが分かっていればすごいスピードで打たれても対処できるんだよ。さっきまでの傾向から圭の方が打つこともそのコースも大体予想がついてたからカウンターできたんだ」

「ぐぬぬ……」

清水さんは悔しさを隠しきれていない。説明を聞くに、どうやら愛さんが最後に得点したのは偶然ではないみたいだ。

「ということで私が勝ったから二人には約束通り命令を聞いてもらうよ」

「ちょっと待て」

「どうしたの？　圭は約束を破ったりしないよね？」

愛さんは悪い笑みを浮かべている。清水さんに命令できることがよほど嬉しいようだ。

「それには従う。ただ負けたら命令聞くって言ったのは私だ。だから私が二人分命令を聞くから本堂《ほんどう》には無茶《むちゃ》な命令はするな」

「清水さん、そんなのダメだよ」

確かに命令を聞く約束をしてしまったのは清水さんだ。だからといって清水さんだけに責任を全て背負ってもらうのは違うと思う。

「いいんだ。元はといえば私が愛の挑発に乗ったのが原因だ。だから私がなんとかする」

「圭はそれでいいんだね？」

愛さんはまっすぐに清水さんの方を見つめる。

「ああ」

「……分かりました。それじゃ圭にはすごめな命令を聞いてもらいましょう！」

「清水さん……」

「大丈夫だって大輝君。そこまでハードな命令じゃないから。それでは次の目的地まで移動しま〜す！」

愛さんが清水さんの腕を摑《つか》みながらズカズカ進んでいく。その後ろを僕がついていく形で僕たちは次の目的地へと向かった。

「目的地到着！」

「ここですか？」

見ると周りはプリントシール機、いわゆるプリ機がいくつも置いてあるエリアだった。

「もしかしてこれやるのか？」

「ご名答。鋭いね圭」

「ここら辺プリ機しかないから嫌でも分かるわ。というかプリ機って普通友達と撮るもんだろ」

「そうだけど？」

愛さんが何か問題でもあるかとでも言いたそうな顔をしている。

「それならなんで、愛が今日初めて会った本堂といきなりプリクラ撮るんだよ」

「確かに私自身の大輝君との思い出は今日しかないけど、今日だけでも一緒にご飯食べたり、服見たり、ゲーセンで遊んだりしたんだよ。これはもう立派なダチでしょ」

「友達になるまで早すぎだろ」

愛さんの友人かどうかの判定はやや甘めらしい。

「それにしても命令なんてしなくてもプリくらいなら撮ってやったのに」

「ふっふっふ」

「なんだよ。急に笑って」

愛さんは誰が見ても何か企《たくら》んでいそうな顔をしている。

「私が普通のプリを撮るだけのために圭への貴重な命令権を消費するとでも？　甘いね圭。砂糖を入れすぎたクッキーより甘いよ」

「それ、普段愛がよく作ってるクッキーだろ」

「そうそう、甘党だからつい砂糖入れすぎちゃうんだよね……。じゃなくて！　まあいいや、そんな余裕でいられるのも今のうちだよ！」

　愛さんが清水さんをビシッと指差す。

「なにするつもりだよ」

「もう少ししたら分かるよ。それで大輝君、私と圭は少し準備してくるからここら辺で少し待っててもらえるかな？」

「いいですけど僕は行かなくて大丈夫なんですか？」

「大輝君にはすごい命令はしないって圭との約束だからね。まあドキドキしながら待っててよ」

「分かりました」

　愛さんは一体これから清水さんに何をするつもりなのか。正直不安しかない。

「オッケー！　それじゃあ行こうか！　圭、ついてきて！」

「嫌な予感しかしねえ」

　清水さんは愛さんに引っ張られる形で僕の視界から消えていった。

　愛さんが清水さんを連れ去ってから十分経《た》った。一向に清水姉妹が戻ってくる気配はない。手持ち無沙汰でどうしようか悩んでいると、聞き覚えのある声が後方から聞こえた。

「いいえ、大丈夫で……愛さんその服は一体？」

声のした方向を振り向く。そこにはいわゆるメイドさんの姿をした清水姉妹が立っていた。

「驚いたでしょ。ここではなんとプリ機で撮る用の衣装が借りられるんだよ」

「そうだったんですか。知りませんでした」

「前から圭と一緒にコスプレしてプリ撮ってみたかったんだよね」

愛さんはワクワクしているのがその表情からよく分かる。

「メイドさんだよ！　ふっふっふ、麗しいでしょ！」

愛さんが腕を腰に当て胸を張って僕にコスチュームを見せてきた。無意識だろうが、その豊満な胸部を強調するポーズになっていて目のやり場に少し困る。

「はい、いいと思います」

そのメイド服は黒をベースカラーにしていて、その服の上から白いエプロンを着ている。頭にはホワイトプリムと呼ばれるフリル付きのカチューシャがついていて、スカートの丈は長く、お屋敷で働いているメイドさんが着ていそうなデザインに見える。

「メイド喫茶にいるメイドさんが着てそうな可愛《かわい》いミニスカートのメイド服もあったんだけど、圭がミニスカは嫌だって言うから泣く泣く譲歩してこれになりました。圭のワンピ姿を撮れなかったけれど、同じ清楚《せいそ》系列のこのメイド服もありと言えばありですね」

愛さんがスカートを持って軽くお辞儀をしてくれる。普段から行っている所作のように様になっていて感心してしまった。

「本当は大輝君もメイドさんにしたかったんだけどね。大輝君にはあまり命令しないって圭と約束しちゃったし、ここには男の子用の衣装はないから」

「え？」

なんか笑顔でとんでもなく恐ろしいことを言われた気がする。

「大輝君の顔って中性的で可愛いし、体の線が細いから女装もいけると思うんだよね」

「あ、ありがとうございます？」

顔に関しては自分ではもう少し男らしくなりたいと思っているから、可愛いと言われるのは正直複雑な気持ちだ。

「おい、正直に嫌だって言っておかないといつか愛に女装させられるぞ」

横で見ていた清水さんが僕にとってとても重要な警告をしてくれた。

「あの愛さん、僕そっちの方面には興味がないので……」

「そんな！　もったいない。大輝君、磨けば光るダイヤの原石なのに……」

愛さんは心の底から残念がっているように見える。できればその原石は一生磨かないでいてほしい。

「しょうがない。大輝君の気持ちが変わるのをゆっくり待ちますか。それはそれとして主のメイド姿どう、大輝君？」

視線を清水さんに移す。未《いま》だ一年の頃の金髪で制服を着崩している清水さんのイメージが僕の中に残っているからか、黒髪ロングの品のあるメイドさんという感じの今の清水さんにはすごくギャップを感じる。

「な、なんだよ。そんな真剣に見んな……」

清水さんが睨《にら》んでくるが、メイドさんの格好をしているからかいつもより威圧感がない。見ないでほしいと言われたけど、愛さんに感想を求められているからその姿をじっと見る。

「愛さんの方は活発なメイドさんという感じがして、清水さんの方は落ち着いた雰囲気のクールで綺麗《きれい》なメイドさんって感じがしました。どちらも似合ってると思います」

「なっ……」

「同時に女の子二人とも褒めるなんて大輝君やりますな。私の幼馴染《おさななじ》みも見習ってほしいよ。それにしてもクールで綺麗なメイドさんだって。よかったね」

「う、うるさい」

清水さんはそっぽを向いてしまい、その表情は窺えない。

「素直じゃありませんなぁ。まあ大輝君からの感想もいただいたことだし早速プリ撮りに行きますか！」

「……本当にこの姿で撮らないとダメか？」

清水さんからそんな弱気な言葉が出るなんてよっぽど嫌なのだろう。

「可愛いところ見せてきて私の心を揺さぶってもダメ！　圭と一緒にプリを撮るためなら今の私は鬼にでもなりますよ！」

そう言うと活発なメイドさんは僕と清水さんをそれぞれ手でがっしり摑み、プリ機の方へと進んでいった。


「夢だった姉妹でのコスプレ、しかもメイドさん姿でなんて幸せすぎる。もしかして私幸せすぎて今日で死んでしまうのでは？」

「消えてしまいたい……」

プリを撮り終え元の服に着替え終えた清水姉妹は真逆のテンションになっていた。

「なんでそんなキヨミズダイブしそうな顔してるのさ。あんなに楽しかったのに」

「楽しんでたのはお前だけだろ！　散々恥ずかしいポーズさせやがって！」

「そんなぁ……。大輝君は楽しかったよね？」

「はは……」

思わず乾いた笑いが出てしまった。今回に関しては清水さんの気持ちも少し分かる。片目でウインクしながら両手でハートマークを作るポーズは僕も少し恥ずかしかった。

「だ、大輝君まで……。しょうがない、それならもう一度リベンジじゃい！」

「もしかして……まだプリ撮るのか？」

清水さんが恐る恐る愛さんに尋ねる。

「オフコース！　ただもうコスプレはしません！　純粋にプリを撮ることだけが目的だよ」

「……ならいいか」

清水さんの精神は摩耗しているようで、今はコスプレでなければなんでもいいかくらいに思っていそうだ。

「大輝君もいい？」

「はい、大丈夫です」

ここまで来たら最後まで付き合おう。僕はショッピングモールに来た目的を半ば忘れてプリ機へと歩みを進めた。

「よし、プリ撮るぞ！」

愛さんは中に入るや否や素早くお金を入れプリ機の設定を始めた。

「あの愛さん、僕の分のお金……」

「お金はいいよ。今回はお姉さんのおごりだから。そんなことよりどんなポーズしようか！」

「適当でいいだろ」

清水さんは愛さんほど熱意がないみたいだ。愛さんに熱意がありすぎるとも言えるけど。

「ダメだよ！　せっかく今日という日の記念として残すんだよ。どうせなら面白いポーズしたくない？」

「あんまり変なポーズなら私、しないからな」

「大丈夫、お姉ちゃんを信じなさいって」

「信じられないからいちいち釘《くぎ》を刺してるんだよ」

姉妹の言い合いが続く中、突然前方についている画面から機械的な音声が聞こえた。

「撮影を始めます。一回目の撮影まであと……」

「あ、そろそろ一回目撮るって！　みんな並ぶよ」

そう言うと愛さんは後ろにいた僕と清水さんを少し前に寄せ、愛さん自身は更に前に移動して中腰になった。

「なんで今回は私と本堂が隣なんだ」

「さっきまでは私と圭がお揃《そろ》いの衣装着てたから私、圭の隣がよかったけど、今は私が二人より少し身長低いからこの並びが一番いい気がするんだよね」

「なるほど」

この並びにそんな意図があったのか。前にある画面には僕たち三人が映っている。画面をよく見てみると、僕と清水さんの距離が少し離れているように見える。

「清水さんもう少し近くに行っていい？」

「な、なんで急に……」

「僕と清水さん少し距離が離れてるから。ダメかな？」

「別にダメってわけじゃ……」

「時間ないよ！　最初は王道のピースサインにしよう！　カウントダウン三、二……」

僕は片手でピースを作り一歩分だけ清水さんの方に近づいた。パシャッという音がしてフラッシュが焚《た》かれたのはその直後だった。

「どれどれ、おお！　結構いい感じに撮れたんじゃない？」

画面に映った画像は三人がそれぞれピースしている姿を写していた。よく見ると、画像の清水さんは今よりも半歩ほど僕の方に近づいているような気がした。

「さて、次はどんな風に撮ります？」

「もう各々好きなポーズでいいんじゃねえか？」

「もう、圭は投げやりなんだから。お姉ちゃん悲しいわ。大輝君は何かしたいポーズある？」

「僕も特にはないですね」

あまりプリを撮る機会がないのでポーズが思いつかない。

「むぅ、最近の若者、私にちょっと冷たくない？　まあいいでしょう。次はフリースタイル。それぞれのセンスに任せます！　どんな面白プリになるか二人とも期待してるよ！」

「無駄にハードル上げるな」

「撮影を始めます。二回目の撮影まであと……」

再び機械的な音声がカウントダウンを告げ始めた。

「ほらほら、始まっちゃうよ。二人ともポーズは決まったかな？」

全然決まっていない。悩んだ末に僕はせめてさっきと被らないようにとファイティングポーズをすることにした。再びフラッシュが焚かれる。

「今度はどうかな……って圭、せめて何かポーズしてよ！」

画像の中にいる清水さんは、愛さんの言う通り何もポージングをしておらず棒立ちだった。ただよく見ると先ほどプリを撮った時よりもさらに半歩だけ僕の方に寄っている。

「ポーズが思いつかなかったんだよ」

「それならそうと早く言ってくれれば、私直伝の激おもろポーズを伝授してあげたのに」

「それするくらいならポーズしない方がましだ」

二枚目の愛さんのポーズはなんとも独特で表現しがたかった。清水さんが拒否した理由も分からなくもない。

「まあもう一回あるからいいか。最後はどんなポーズにしようか……」

突然コール音が鳴る。僕の着信音とは違う音だから清水姉妹のどちらかのスマホが音源だろう。愛さんが慌ててスマホをバッグから取り出す。

「もしもし私だけど……うん、ちょっと待ってもらっていい？」

愛さんが僕たちの方を振り向く。

「ごめん。電話するから出るね。すぐ戻るけど最後のプリは間に合わないと思うから二人で一緒に撮ってね」

それだけ言うと愛さんはプリ機の外に出ていった。

「どうしようか」

「どうしようも何も撮ればいいんじゃないか」

「清水さんはいいの？」

清水さんは愛さんと違ってプリを撮ることにそこまで積極的じゃなかったはずだ。

「これから何枚も撮れって言われたら断るけど、一枚くらいならいい。それに……」

「それに？」

「……なんでもない。いいから撮るぞ。ポーズはめんどくさいから私はしない」

「撮影を始めます。三回目の撮影まであと……」

最後のカウントダウンが始まる。僕だけポーズをとるのも変な気がしたので、最後は僕も自然体で写ることにした。カウントダウンが一桁になりカメラの方に視線を向けていると何かが僕の肩に触れた感触があった。その感触に驚く暇もなくフラッシュが焚かれる。

「急に出て行っちゃってごめん。最後の一枚うまく撮れた？」

愛さんが申し訳なさそうな顔をしてプリ機の中に入ってきた。

「まあな……」

「最後のプリはどんな感じかなっと……お？」

僕も愛さんの後ろから覗《のぞ》き込《こ》む形で画像を確認する。そこには肩を寄せ合うような形になった僕と清水さんが写っていた。

「おやおや、圭ったら大胆になったね」

「違う！　これは……ちょっと足がもつれただけだ！」

僕も直接見ていないので分からなかったが、清水さん足がもつれていたのか。転んでケガをしなくてよかった。

「ふーん。まあそういうことにしときますかね」

「しとくじゃなくてそうなんだよ。それで撮ったプリ加工するのか？」

「加工って言わないで。盛るの！　二人も盛りたい？」

意味合い的にはそこまで変わらない気もするが、愛さん的にはこだわりがあるみたいだ。

「私はいい」

「僕も遠慮しときます」

「ええ？　みんなで盛るのすごく楽しいのに！　まあ無理強いは良くないね。それじゃあ私は今から全力でプリ盛るから二人は十分くらい近くでちょっと暇つぶしてて」

「分かりました」

「いいけど時間かけすぎるなよ」

愛さんがプリを盛っている間、僕と清水さんは二人で暇つぶしをすることになった。

「清水さんはゲームセンター普段来るの？」

「いや、あまり興味ないから来ない。そういうお前はどうなんだ？」

「輝乃《きの》がゲーム好きだからたまに付き添いで来るよ」

プリ機を出て数分、僕たちは行く当てもなくゲームセンター内をぶらぶら歩いていた。

「妹と一緒に来る時お前は何してんだ？」

「対戦ゲームの対戦相手とかだね。僕あまりゲームうまくないから、いつも輝乃にもう少し強くなってって言われるよ」

「兄貴も大変だな」

「まあ僕も楽しいからいいんだけどね」

話しながら歩いていると途中で清水さんの足が止まった。

「どうしたの清水さん？」

清水さんの視線の先を見てみると、そこには一台のクレーンゲームがあった。中にはクマのぬいぐるみが何個かある。そのクマのぬいぐるみをよく見てみると垂れ目でなんとなく眠そうな印象を受けた。

「清水さんこれが欲しいの？」

「そ、そんなわけないだろ！」

「でも清水さん、さっきこのぬいぐるみ見てなかった？」

「たまたま視界に入っただけだ、たまたま」

偶然であると清水さんは強調している。すごく気にしていたように見えたのは僕の気のせいだったのだろうか。

「まあ時間もあるし、せっかくだから一回やってみない？」

清水さんの表情がパッと明るくなったかと思えば、ハッとして頭を左右に振り元の表情に戻った。清水さんの中で何かが戦っているみたいだ。

「しょうがないな。別に興味はないが暇だし、一度くらいならやってもいい」

「ありがとう。それじゃやってみようか」

よかった、どうやらやってくれる気になったみたいだ。こうして僕と清水さんのクマさん捕獲作戦が始まった。

アームがクマのぬいぐるみを捕らえ空中に誘《いざな》う。しかし固定が不十分だったためか、ぬいぐるみは元いた位置へと落ちていった。

「清水さんまだやるの？」

「あぁ、なんで。もう一回！」

作戦開始から数分後、清水さんは一人でクレーンゲームに挑戦し続けていた。最初は僕と清水さんがそれぞれ一回だけ挑戦する予定だったが、清水さんがもう一回と何度も言うため交代するタイミングをすっかり失っていた。

「さっき惜しかっただろ？　次こそ獲る」

そうだろうか。何度チャレンジしてもすぐに落下して、ぬいぐるみの位置はほぼ変わってないように見える。

「よし、いくぞ」

清水さんがまた百円玉を投入しアームを操作する。今回も前回までと変わりなくクマのぬいぐるみが上下に移動しただけだった。

「何がダメなんだ」

正直これに関しては少し残酷だが、清水さんのクレーンゲームへの適性が皆無なせいだとしか言いようがない。

「そろそろ終わりにしよう清水さん。愛さんももう待ってるんじゃないかな？」

「……でも」

清水さんは本当に悔しそうだ。よっぽどあのぬいぐるみが欲しいのだろう。

「分かった。それなら一回だけ僕に代わってくれないかな。二人であと一回ずつやってそれでダメなら愛さんのところに戻ろう」

僕もそこまでクレーンゲームの経験はないけど、さすがに清水さんに任せるよりはゲットできる可能性が高い。ただ問題は清水さんが代わってくれるかだ。

「……ああ、分かった」

よかった、清水さんは僕の提案に乗ってくれるようだ。

「じゃあ始めるね」

僕と清水さんによる最後のクマさん捕獲作戦が幕を開けた。

百円玉を入れコントローラーを手にとる。清水さんの奇跡的な技術の向上に期待することは難しいから一発で僕が獲るしかぬいぐるみを獲る道はない。ゆっくり息を吐いて正面を見る。コントローラーを慎重に操作してアームを上からゆっくりぬいぐるみに近づける。ちょうどアームがぬいぐるみの真上にきた瞬間、僕はアーム下降用のボタンを押した。

（今だ！）

勢いよくアームが下がりぬいぐるみを摑む。そのままぬいぐるみは落下することもなく上まで引き上げられた。ふと横を見ると清水さんが祈るようにぬいぐるみを見つめていた。祈りが通じたのかぬいぐるみは最後まで安定を保ち、やがてアームから解放され取り出し口まで落ちてきた。

「獲れたよ清水さん」

取り出し口からクマのぬいぐるみを出し清水さんに見せる。

「ああ！　……よ、よかったな」

清水さんは一瞬子供のように目を輝かせた後ハッとしてすぐに落ち着きを取り戻した。

ただぬいぐるみを見る目にはまだ熱が籠もっている気がする。

「清水さん一つお願い聞いてくれない？」

「なんだよ」

「このぬいぐるみ貰《もら》ってくれないかな？」

「は？　なんで私に……。妹にでもやればいいだろ」

「輝乃は物の扱いが少し雑だから、ぬいぐるみがかわいそうなんだよね」

これはウソではなく輝乃の部屋はいつ訪れても物が散乱している。そのためこのクマのぬいぐるみをあげても数日後には座椅子代わりになっている気がしてしまう。

「だから清水さん、代わりにこのぬいぐるみを大切にしてあげてくれない？」

清水さんにぬいぐるみを差し出す。清水さんは一度手を伸ばし途中で引っこめ、それから少し悩んだ後に再び手を伸ばし僕からぬいぐるみを受け取ってくれた。

「……それなら貰う。返さないからな」

ぬいぐるみを抱きしめた清水さんはどこか先ほどより嬉しそうに見えた。

「ふふっ」

「な、なんだよ、急に笑って」

「いや、清水さん、クマのぬいぐるみが好きなのは意外だったから」

「それは……このクマが……」

清水さんが口元にぬいぐるみを近づけたせいか声のボリュームが小さくなり周りの音にかき消されてうまく聞き取れない。一応意外だと言ったことについて説明しておいた方がいいかもしれない。

「意外って言ったけど別に悪い意味じゃないよ。単純に可愛いなって思っただけだから」

「なっ……」

「清水さん？」

「きゅ、急に可愛いとか言うな！　ほら、愛が待ってるだろうから行くぞ」

「うん。それじゃあ愛さんのところに行こうか」

「ああ」

クマ捕獲作戦はなんとか無事に成功し、僕と清水さんは愛さんが待つプリ機の密集エリアへと歩き始めた。

「圭に大輝君、待ちくたびれたよ。何をしてたの……ってそのクマのぬいぐるみ可愛い！

それどうしたの？」

　戻ると愛さんは既に盛りを終えてプリ機の前で僕たちを待っていてくれた。

「クレーンゲームで獲った」

「あれ、圭ってクレーンゲーム絶望的に下手じゃなかった？」

「私がとは言ってないだろ！」

　確かに言ってないけどそんな口ぶりだったような気はする。

「圭が獲ってないのに圭が持ってるってことは……。ははーん」

　愛さんが口元を押さえている。笑みを隠していますよとアピールしているように見える。

「な、なんだよ」

「いや、想定外のプレゼント貰ってよかったねと思ってさ」

「なっ」

「私からもそんな二人にプレゼント」

　愛さんはそう言うと何かの厚い紙のようなものを僕らに手渡してくれた。

「さっき撮ったプリだよ。私がスペシャル盛りしておいたから大切にしてね」

「おい、二枚目の私の顔、黒すぎるだろ」

　二枚目に撮ったプリを見ると、確かにそこには褐色肌になった清水さんと僕が写っていた。

「いやあ、私が肌白く見えるにはどうすればいいかなって考えたら、逆に周りを黒くすればいいじゃんって思いついてさ」

考え方が悪魔的だった。貰ったプリを見ていると、最後に撮った僕と清水さんだけのプリだけ何も加工されていないことに気づいた。

「あの愛さん」

「どうしたの？」

「なんで最後に撮った僕と清水さんのプリは盛らなかったんですか？」

「ああ、それはね」

僕が聞くと愛さんは楽しそうに笑った。

「馬に蹴られたくなかったからかな」

「え？」

「今はまだ分からなくていいよ。まあそのプリは失くさないで大切にしてね」

「は、はい」

いつになったらその意味が分かるのだろうか、今の僕には見当がつかなかった。

「用事ができた？」

「そう。さっきの電話で友達とこれから遊ぶことになってさ」

ゲームセンターを出た後、僕たちはショッピングモール内にあるフードコートで休憩をとっていた。僕たち三人の手元には先ほど買ったドリンクがそれぞれ置かれている。

「だったらここでダラダラしてていいのかよ」

「話の流れで、もう少ししたらここに集合することになったから大丈夫」

「ならいいけど、そしたら今日はここで解散か？」

それが自然な流れだろう。清水《しみず》姉妹に出会い、予定より長くここに滞在することになったから輝乃《きの》が待ちくたびれていないか心配だけど、説明すれば多分分かってくれるだろう。

「私はそうだけど君たちは違うよ」

「は？」

「はい？」

「せっかく一緒に遊んだんだから一緒に帰ろうぜ！」

「お前まで一緒に帰らなくても良かっただろ」

「僕も用事終わったらすぐに帰るつもりだったから」

フードコートで話をしてから少し経《た》ち、僕と清水さんは電車の中にいた。

最終的に愛《あい》さんは友達と遊び、僕と清水さんは帰宅することになった。愛さんから清水家の大体の場所を聞いて知ったけど、実は僕の家と清水さんの家はわりと近いらしい。

「清水さんは他にしたいことなかったの？」

「ねえよ。そもそもあまり人の多いとこ好きじゃねえし」

「それならショッピングモールに来たのも、もしかして愛さんに誘われたから？」

「ああ、用事あるかって聞かれてないって言ったら、じゃあ一緒に服買いに行こうって言われて連れてこられた」

「そうだったんだ」

愛さんは確かにそういうことをやりそうなエネルギッシュな印象がある。

「いつも強引なんだよアイツは」

清水さんがため息をつく。誰かに振り回されている清水さんというのは珍しい。

「仲がいいんだね」

清水さんは心外そうな顔をしている。

「いや、いつもって言うからよく一緒にいるんだと思って。それは仲がいい証拠じゃない？」

「アイツが勝手に私の部屋に来るんだよ」

「愛さんは清水さんのこと大好きなんだね」

「好きに言ってろ」

清水さんがそっぽを向く。どうやら反論は諦めたみたいだ。

「そういえばお前は妹がいるんじゃなかったか？」

「うん、いるよ」

「お前は妹とどうなんだよ」

「他の兄妹をあまり知らないから断言はできないけど結構いい方じゃないかな？　一緒にゲームしたりアニメ見たりするし」

「不満はないのか？」

輝乃への不満か。

野菜嫌いとかめんどくさがりとか細かいことは色々あるけど、総合すると……。

「少しワガママが多いのは困ってるかな」

「お前でも家族にそんなこと思うことあるんだな」

「そこまで不満というわけでもないけど、後々輝乃自身が困る可能性があるからね」

「どういうことだ？」

「僕に頼りすぎてると、僕が進学や就職とかで家からいなくなった時に輝乃自身が困ることになるから」

今は両親が帰ってくるまで料理もその他の家事も僕がしているからいいけど、僕が家から出ることになっても輝乃が家事をしている姿は想像できない。

「結局、妹の心配かよ。ちょっとシスコンなんじゃねえか？」

「それは……妹がいる人なら基本的にみんな妹のことを多かれ少なかれ心配してるんじゃないかな？」

主語を大きくしすぎた苦しい言い訳な気がするけど主張に偽りはないつもりだ。

「それは言いすぎだろ。少なくとも愛は私のこと絶対心配してねえ」

「そんなことないよ。愛さんもきっと清水さんのことを心配してるはずだよ」

「なんでそんなこと分かんだよ」

それはファミレスで清水さんがいない時に愛さんと話したから……とは言えない。

あの時の会話を愛さんは秘密にしてほしそうだったから言うわけにはいかない。

「同じ妹を持つものとしての勘かな」

「何言ってんだお前」

清水さんが呆《あき》れた顔をしてこちらを見ている。

自分でもよく分からない根拠だったのでまあ当然だとは思う。

「とにかく愛さんも清水さんのことをいつも考えてくれてると思うよ」

「……まあお前がそこまで言うならそういうことにしとく」

清水さんも納得はしていないが理解は示してくれたみたいだ。

「それにしても今日初めて会ったけど愛さんっていいお姉さんだよね」

「そうか？　自分のやりたいことしてるだけだろ」

身内だからか清水さんは愛さんに対して評価が厳しい気がする。

「確かに自分の欲望に忠実な気はするけど周りのこともよく見てると思うな。初対面の僕にも気軽に話しかけてくれるしお話も面白くて話してて楽しかったよ」

「……むぅ」

あれ、なぜ清水さんは少し不服そうなのだろうか。

「愛は家だともっと適当だぞ」

「家だと気を遣わなくていいのかもね」

「……試験前はいつも勉強が分かんないって騒いでるぞ」

「試験前に勉強頑張ってるんだね」

いきなり清水さんによる愛さんに関する暴露トークが始まった。愛さんにファミレスで昔の思い出を暴露された仕返しだろうか。

「清水さん、なんで愛さんの弱点を僕に話してるの？」

「だってお前が……愛ばっかり褒めるから……」

よく分からないけど、清水さんは愛さんだけが称賛されることがお気に召さないらしい。

だったら僕のすることは決まった。

「それなら清水さんは何を褒めてほしい？」

「は？　急になんだよ」

「清水さんは愛さんだけが褒められるのが嫌なんでしょ？　だったら清水さんも褒めれば解決かなって」

我ながらいい案だと思う。人を褒めるのはいい気分だし、褒められた方も悪い気はしないはずだ。

「な、何言ってるんだ、いらねえ。それに私に褒めるところなんかないだろ」

清水さんの自己評価は思っていたより低かった。これは清水さんに自分のいいところを教えてあげる必要がありそうだ。

「そんなことないよ。じゃあ僕が清水さんのいいと思うところを言っていくね。まず一つ目は優しいところ。清水さんは前回の調理実習で食材を切る係が僕しかいない時に率先して手伝ってくれたよね。僕あの時も言った気がするけど嬉《うれ》しかった。二つ目は頑張り屋さんなところ。前にお弁当くれた時にばんそうこう指にいっぱい巻くくらい料理の練習してて頑張ってるなと思ったんだよね。そういう努力家なところすごいと思うな。三つ目は……」

「止めろ」

「えっ、なんで？　まだ始まったばかりだよ？」

「もういい。もう十分伝わった」

清水さんの口元はクマのぬいぐるみによって隠されてしまっていて表情は読み取ることができない。

「遠慮しなくてもまだまだいっぱいあるよ」

「遠慮なんかしてねえ。いいから駅に着くまで少し静かにしてろ」

そう言った清水さんをよく見ると耳が少し赤くなっていた。どうやら恥ずかしくなってしまったようだ。

「うん、分かった」

僕と清水さんはそれから最寄りの駅に着くまで何も話さず座席に座っていた。


「雨だね」

「ああ」

僕たちが駅から出ようとすると雨が降り始めるところだった。

はじめはぽつりぽつりと降っていた雨はやがて少しずつ勢いを増し、すぐにザーザー降りに変わった。

「清水さん、傘は？」

「持ってきてねえ。お前は持ってきたのか？」

「うん。折り畳み傘だけど」

ショルダーバッグから折り畳み傘を取り出して清水さんに見せる。

「あるならいい。今日はここで解散だな」

「僕はそれでいいけど清水さんはどうするの？」

「親を呼ぶ」

そう言って清水さんはバッグからスマホを取り出し僕に見せた。

「それなら大丈夫かな」

「ああ、だからさっさと行け」

「分かった。それじゃまた学校で」

「じゃあな」

僕は清水さんに背を向けて駅を後にした。

※　※　※

（……どうしよう）

本堂《ほんどう》が去ってからしばらく後、私は移動せず駅の中から雨空を眺めていた。

親を呼ぶと本堂には伝えたが、両親は今日出かけてしまっていて夜までは帰ってこない。愛は傘を持っているか分からないし、そもそも友達といるところを邪魔したくない。

そうなると自力で家まで帰るしかないが雨は激しさを増すばかりで全然止む気配がない。完全に手詰まりというやつだ。

さすがにこの雨の中を傘なしで走って帰るのは風邪を引きそうだし、何よりワンピースやぬいぐるみが濡《ぬ》れてしまう。

無意識だが自分の体調よりもワンピースとぬいぐるみの優先順位を高くしていたことに気づきハッとする。

（何考えてんだ私……）

アイツに一度服を褒められたくらいでなんだというのか。

アイツは愛だって褒めていたし私が着た他の服だって褒めていた。でもこのワンピースを褒めていた時のアイツの顔はどこか他の服の時と違ったというか。見惚《みと》れていたように見えたというか……。

頭をブンブン左右に振る。アイツがそんな反応をするわけがない。あの鈍感な男は何度アピールしても私の気持ちに気づいてくれないのだから。ただ、全く無反応というわけでもなく見てほしい部分は見ていてくれて……。

頭を再びブンブン左右に振る。アイツの反応なんてどうでもいい。それにこのぬいぐるみだってどうしたというのか。どこにでもあるクマのぬいぐるみだ。でもこれはアイツが私のためにとってくれた特別な……。

「……清水さん」

アイツのことばかり考えていたせいか幻聴まで聞こえてきた。自分はここまで脆《もろ》かっただろうか。

高校生になってからは人を寄せつけないようにして、弱いところをなるべく人に見せないようにしてきたつもりだ。それなのにアイツは私の近くにいて私を少しずつ脆くさせる。

「清水さん？」

誰かの顔が目の前に現れる。

「うわっ」

突然のことに反応しきれず可愛《かわい》くない声を上げて後方に飛んだ。

先ほど私がいた位置には当たり前のように本堂が傘を持って立っていた。

※　※　※

「本堂、なんでお前ここにいるんだよ」

「なんでって帰る途中で引き返してきたからだけど？」

「だからどうして戻ってきたか聞いてんだよ」

「なんとなくかな」

「はあ？」

清水さんは心底理解できないような表情をしている。

まあその反応も仕方のない理由だと自分でも思う。

「なんとなく清水さんがまだここにいる気がしたんだよね。そう思ったのは帰ってる途中なんだけど。清水さん優しいから僕を帰りやすくするためにウソをついたんじゃないかなって」

「お前、それで私が普通に帰ってたらどうするつもりだったんだよ」

「そしたら考えすぎだったんだなってまた帰ってたよ」

「お前……」

清水さんの顔は呆れているようにも見えるし何か他のことを考えているようにも見える。

「まあ清水さんがいたからよかったでしょ。ここにいるっていうことは帰る手段がないんだよね？」

「……ああ。それ聞くってことは何か解決策あるのか？」

「あの……それなんだけど」

「なんでそこで歯切れ悪くなるんだよ」

「僕の傘使ってよ」

「はあ？」

清水さんは予想していたものと大方変わらない反応を見せた。

「近くのコンビニ見て回ったんだけどビニール傘売り切れててさ。それでもう僕が貸せる傘は自分の分しかないんだよね」

「そしたらお前はどうやって帰るつもりなんだよ」

「どうしよう、輝乃にでも迎えに来てもらおうかな」

いくら出不精な輝乃でも、僕が困っていればきっと助けに来てくれるはずだ。

「……半分」

「え？」

「半分だけ傘貸してくれ」

「それって相合傘ってこと？」

「わざわざ言い直さなくていい！　それでどうなんだ」

「清水さんはいいの？」

「お前の傘なのにお前が使わないのはおかしいだろ。でもワンピースやぬいぐるみは雨で濡らしたくない。だから……お前の傘に入れてくれ」

清水さんは絞り出すような声で僕に告げた。

「分かった、それなら傘に入ってもらっていいかな？」

「お、おう」

清水さんがおそるおそるといった感じで僕の傘に入ってくる。こうして僕と清水さんは駅から家に向けて動き始めた。


「雨止まないね」

「……そうだな」

駅を出て数分、僕たちは雨空の下を歩いていた。

「清水さん、僕の歩く速度が速かったりしない？」

「大丈夫だ」

「なら良かった」

会話が続かない。さっきまでは普通に話せたはずなのになぜだろう。あまりない経験なので自分でもどうすればいいのか分からない。

「おい」

「何、清水さん？」

「こっちに寄れ」

「急にどうしたの？」

「肩濡れてんだろ。風邪引くぞ」

傘を持っている手の反対側が濡れていることを清水さんは気にしてくれたらしい。

「いいよこれくらい」

「傘貸してもらってるのにお前に風邪を引かれたら困る。いいからこっちにもう少し寄れ」

「狭いけどいいの？」

折り畳み式ということもあってこの傘はそこまで大きくない。

濡れないようにするには肩と肩が接触するくらいまで近づく必要がある。

「……いい。だからこっち来い」

そこまで言ってくれるなら断る理由もないだろう。

僕は清水さんの方に肩が触れるか触れないかくらいまで近づいた。

「そ、それでいいんだよ」

「ありがとう清水さん」

「お前の傘なんだから礼なんていらねえよ」

「ふふっ」

「何笑ってんだよ」

清水さんにジロッと睨まれる。しまった、思わず笑ってしまった。

「清水さんはやっぱり優しいなと思って」

「は？　急になんだよ」

「いや、こっちの話」

「それを言うなら、いるかどうか分からない奴《やつ》のために駅に戻ってきたお前の方がよっぽどお人好《ひとよ》しだろ」

「僕は……自分が後悔しないように動いてるだけだから」

「前も言ってたが、それどういう意味だ。なんか理由でもあるのか」

あれ、清水さんに前にも言ったことがあっただろうか。覚えていない。

「理由というほどでもないけど、昔ちょっと後悔したことがあったから、もう後悔したくないってだけ」

「……何があったんだ？」

そこに興味を持たれるとは思っていなかった。話すかどうか迷うが隠すこともないか。

「小さい頃の話なんだけどね。僕にはゆう君って友達がいたんだ。ゆう君はどこの子なのか知らなかったけど、いつも公園にいてさ。一緒に遊んでるうちに僕とゆう君はいつの間にか仲良くなってた」

清水さんは黙って僕の話を聞いてくれている。

「近くの公園で毎日遊んでたんだけど、一年くらい経った頃に僕たちより年上の子が公園に来るようになって……」

「それで？」

「その子たちが僕とゆう君をからかってくるようになったんだよね。僕は無視してたし、ゆう君も反応してなかったから気にしてないと思ってた。でもそれは違ったんだ。ゆう君はある日を境にぱったり公園に来なくなった」

清水さんは何も言わない。僕が続きを話すのを待っているようだ。

「それから何回公園に行ってもゆう君はいなかった。その時すごく後悔したんだよ。あの時に僕がからかうなって言えていたならゆう君はいなくならなかったのかもしれないって。だからそれからは後悔だけはしないように行動するようにしてるんだよね」

話し終えてみれば大した話ではないように思う。

楽しくなるような面白い話ではないけど。

僕も清水さんもそこから言葉が続くことはなく雨の音だけがよく聞こえた。

「……悪かった」

「え？」

先に口を開いたのは清水さんだった。

まさか謝られるなんて思っていなかったのでとっさにまともな言葉が出なかった。

「お前にとってはあまり思い出したくないことだろ」

清水さんは僕に苦い記憶を思い出させてしまったことを気にしているみたいだ。

「確かに会えなくなったことは悲しかったけど、それでもゆう君との思い出は楽しいことがたくさんあったからさ。別に思い出すのはそこまで嫌じゃないよ」

「無理してないか？」

「大丈夫だよ、それに僕、嬉しかったんだ」

「何がだ？」

「清水さんが僕に興味を持ってくれたこと」

「なっ」

清水さんが僕から距離を取ろうとするので濡れないようにその分慌てて移動する。

「急に動かないで清水さん」

「お、お前が急に変なこと言うからだろ！」

変なことを言ったつもりはないのだけれど。言葉が足りなかっただろうか。

「だって僕から清水さんに話しかけるのはよくあるけどさ。清水さんから僕に聞いてきてくれることって一年の時はあまりなかったから。だから今みたいに僕のことについて質問してくれると、清水さんと距離が少し近づいたみたいで嬉しいんだよね」

「……私なんかと仲良くなって嬉しいのかよ」

僕に聞こえるか聞こえないかくらいの声で清水さんがボソッと呟《つぶや》いた。

「嬉しいに決まってるよ」

「はあ？　な、なんでだよ」

「なんでって……。清水さん一緒にいて楽しいし」

「一緒にいて楽しい……」

「うん。清水さんと話してるといつも楽しいよ」

「……物好きな奴め」

清水さんは顔を下に向けてしまったため、その表情は分からない。

「そうかな？　清水さん聞き上手だし話してて面白いから、他の人も話してみたら楽しいと感じる気がするんだけどな」

「勝手にそう思ってろ」

「そうする。それにしても清水さん、さっきからちょっと耳とか赤いけど大丈夫？」

「はあ？　赤くなんかねえよ」

反射的に清水さんが僕の方を向く。

「やっぱり顔がちょっと赤いよ。寒かったりとかしない？」

「しない。お前の思い違いだ」

「そうだったらいいんだけど」

風邪だったらどうしようと思っていたので今のところ症状がないのであればよかった。

「清水さん、なんか緊張してたりする？」

「なんで緊張なんてしなくちゃいけないんだよ」

「いや、緊張して顔赤くなる人とかたまにいるから、もしかしたら清水さんもそうなのかなって思って」

「し、してねえよ」

どうやら緊張のせいでもないらしい。

だったら顔がいつもより赤く見えたのは僕の勘違いなのだろうか。

「そんなこと言うお前の方が緊張してるんじゃねえか？」

今度は僕が疑われる番みたいだ。僕は緊張しているのか考えてみる。

「……そうかも」

「そうかもって、お前は何に緊張してんだよ」

「え？　相合傘って緊張しない？」

「は？　……はあ？」

「は？」と「はあ？」の間に清水さんの表情は大きく変化した。

具体的には何を言っているのかコイツは、とでも言いたそうに見えた表情が、お前そんなこと思っていたのかみたいな表情に変わった。

「そんな変なことは言ってないと思うんだけど」

「お前さっきまで平然としてただろ」

「そう？　僕、思ったことが顔に出ないタイプなのかもね」

「それにしてもだろ」

自分では気づかなかったけど僕は案外ポーカーフェイスなのかもしれない。

「緊張してたのは嘘《うそ》じゃないんだけどなぁ」

「そしたらどう思ってたんだよ」

「言って引かない？」

「内容によるだろ」

それはそうかもしれないけど、言って引かれるのはなんだか嫌だ。

そう思っていると清水さんが小さくため息をついた。

「……分かった。努力はする。それでどう思ってたんだ？」

「普段この距離まで清水さんと近づくことなんてないから、少しドキドキするなって」

「お、お前」

清水さんがすごい勢いで僕から距離を取ろうとするので、僕は傘を持ったまま慌てて動く。

「さっきも言ったけど急に動かないで清水さん！　それに引かないって言ったじゃん！」

「努力するって言っただけだ！　それに……お前がそんなこと言うから……」

　後半はかすれるような声で、聞くのに少し苦労した。

「清水さんは平気なの？　誰かと相合傘したことあるとか？」

「私の周りは傘を持ってなくて一緒に濡れるか、予備の傘まで持ってて貸してくれるかの二択しかねえよ」

「愛さんは傘持ってなさそうだね」

「アイツは雨降ってても下手すりゃ傘持ってねえよ」

「ふふっ」

　思わず笑ってしまった。

　傘を差さないで雨の中を全力ダッシュする愛さんは容易に想像がつく。

「そしたら愛さんはこの雨が降ってる間は帰れそうにないね」

「まあさすがに愛が帰る前には雨も止《や》んでるだろ」

「だといいね」

　会話がまたとぎれる。聞こえてくる雨音は先ほどよりも少し弱くなっている気がした。

「それにしても災難だったな。愛に捕まって私たちに付き合うことにならなきゃ雨が降り出す前に家に帰れたのに」

「そう？　僕は今日清水さんたちに会えてよかったけど」

「なんでだよ？」

清水さんは理由が分からないみたいだ。と言ってもそんな難しい理由ではないけれど。

「だって僕が知らない清水さんに会えたから」

「なっ」

「愛さんと仲良くしてる清水さんとか、ゲームに夢中になってる清水さんとか、学校だと知らない清水さんの一面が見れて嬉しかったよ」

「お、お前」

なぜだか清水さんの顔は先ほどより更に赤くなっていた。そのことに自分でも気づいたのか、顔を背けてしまったがもう意味はない気がする。

「……いい」

「清水さん？」

「傘はここまででいい」

「いいってまだ雨が……」

降っていると言おうとして、もう雨音がしていないことに気づいた。空を見ると雲の隙間からところどころ日が差し込んでいる。

「雨止んだから傘はここまででいい」

「また雨降り出すかもしれないよ……ってあれ、清水さん？」

横を向くと清水さんはそこにはいなかった。周りを見回すと数メートルほど離れた位置に清水さんの姿があり、その姿は今も少しずつ小さくなっている。どうやら雨が再び降る前に走って帰ることにしたらしい。

「また学校で会おうね清水さん」

僕はもう聞こえない距離にいる清水さんに向けてそう呟いた。

第九章

清水さんがいない昼休み

「おらぁ、お姉ちゃんの登場じゃい！　皆の者、道を空けろ！」

本堂《ほんどう》とショッピングモールで会った日の夜、自室でマンガを読んでいると部屋着の愛《あい》が突入してきた。

「人の部屋に入る時はノックして一声かけてからにしろっていつも言ってるだろ」

「そんなこと後回しじゃい！　それより、はよ帰り道の話を聞かせなさい！」

愛の人差し指がまっすぐに私を差す。部屋に入る時ノックしなくていつノックするのか。

「なんでそんな偉そうなんだ」

「実際に偉いからね。生徒会副会長なめんなよ！」

「家で実の妹に権威を振りかざすな」

「次回から気をつけます。それで大輝《だいき》君とはあの後どうなったの？」

話を脱線させる才能は誰にも負けない愛だが、脱線する前の話を忘れてはいないらしい。

「何ってそりゃ普通に帰っただけだ」

「ふーん」

愛が疑いの目で私を見てくる。

「な、なんだよ」

「圭《けい》さん、私知ってるんですよ？」

「何を」

「二人が帰った時間、雨が降ってましたよね。そして圭さん、あなたは傘持っていきませんでしたよね？　傘もなしにどうやって濡れないで家まで帰ってきたんですか？」

「ぐっ」

なぜこういう時に限って愛はむだに記憶力がいいのか。その記憶力をぜひとも勉強の方に役立ててほしい。

「お母さんたちが帰ってくる前に帰ってきたみたいだから雨が降っている最中に帰ってきたんだろうし、服もバッグとかの荷物もほとんど濡れてないみたいだった。そうなると一つの仮説が立ちますね」

「……もったいぶらずに言えよ」

「いいでしょう。単刀直入に言います。あなた、大輝君の傘に入れてもらいましたね」

本当になぜこんな時だけ愛の推理は冴え渡っているのだろう。

「どうですか圭さん。私の仮説に間違いはありますか」

「……ない」

仮説が間違いだと愛に言ったとしても、どうせどこかでぼろが出て真相が判明してしまうだろう。それならば初めから認めた方がまだ疲れずに済む。

「おお！　真相解明！　相合傘なんて圭やるね！」

別に認めたとしても疲れないわけではないのだが。

「そんな大したことじゃないだろ」

「大したことでしょ！　どっちから誘ったの？」

「……私からだな」

最初に傘を貸す提案をしてくれたのは本堂だが、相合傘をすることになったのは私の発言がきっかけだろう。

「圭からだって……。あの受動的な圭が？」

「悪いか！　濡れたくなかったんだよ！」

何も特別なことはない、ただそれだけのことだ。だというのに愛はにやりと笑った。

「そうだよね。褒めてもらったワンピに獲ってもらったぬいぐるみ、どっちもとっても大切だから濡らしたくないよね」

「そんなこと言ってないだろ！」

「でもそうでしょ？」

「……違うとは言ってない」

愛は変わらずニヤニヤしながら生温かい目をしている。

「はい、圭の貴重なデレいただきました！」

「やかましい。もう帰れ」

ドアを指差すが愛はやれやれとでも言いたそうな顔をしている。

「まだ夜は始まったばかりだぜ？　それに相合傘について詳しく聞いてねえからよぉ」

「詳しくも何も、本堂と一緒に帰った以上の情報はねえよ」

「そんなこと言っちゃって。何について話しながら帰ったのさ。お姉ちゃんに言ってみてよ」

今日の帰り道での会話を思い出す。本堂の過去の話は言わない方がいいから他に話したことといえば……。

「私と一緒にいて楽しいとか、普段と違う私が見れて嬉《うれ》しかったとか、相合傘緊張するとか言われた」

「大輝君、思ってたよりグイグイ来るね！　これはやっぱり脈ありなんじゃない？」

愛は興奮を隠しきれていない。愛以外に例がないから分からないけど、人はこんなに人の恋愛話で盛り上がれるものなのだろうか。

「アイツはそういう意味で言ってねえよ」

ウソは言ってないだろうが、本堂が恋愛対象として私を見ているかといえばかなり怪しい気がする。

「そうかなぁ。意識してない女の子に綺麗《きれい》って言ったり、ぬいぐるみをプレゼントしたり、相合傘して緊張するって言わないと思うんだけどなぁ」

「アイツはするんだよ！　お前にも服選ぶ時にキュートとか言ってただろ！」

なんだろう、他の女子に綺麗だと言うアイツを想像して少しモヤッとする。

「今日見た限りじゃ大輝君はそんな子じゃない気がするんだけどなぁ。せっかくなら圭のこと女の子として意識してますかって聞けばよかった」

「何恐ろしいことしようとしてんだ」

想像するだけでゾッとする。

「冗談だけどね。それにしても最終的に大輝君は圭を家まで送ってくれたの？」

「……いや」

「え？　でも家に見慣れない傘なかったから、大輝君の家に先に着いて傘を貸してもらって帰ってきたわけじゃないいんでしょ？」

だからなんでこういう時に限って考察が鋭いのか。

「途中で雨止んだから帰った」

「どういうこと？」

「一緒に帰る途中で雨が止んだから一人で走って帰った」

「ホワイ？　なぜそうなるんだいプリティガール？」

「しょうがないだろ。こっちだって今日は色々あって限界だったんだよ！」

予定になかった出会いから始まった今日の本堂との一日は私には濃厚すぎた。

「このピュアピュア乙女！　せっかくのチャンス生かさなくてどうするんだい？」

「誰がピュアピュア乙女だ」

でも確かに偶然得た好機をものにできなかった気はする。少し落ち込んでいると、それを察してか愛がポンと私の肩に手を乗せた。

「まあ少し厳しいこと言ったけど、服の感想聞いたり、プリ撮る時に自分から近づいたり、相合傘を提案したり、圭にしてはよく頑張ったよ」

「なんだよ急に」

「私は褒めて伸ばすタイプなので」

「初耳なんだが」

愛に何かを教えられる機会は今まであまりなかったから知らなかった。

「そうだっけ。まあこれまでみたいに圭は圭のペースで頑張っていっていいと思うよ」

「愛……」

「ということで相合傘について詳しく聞いていくぞ！」

「は？」

愛の目は探究心でキラキラと輝いていた。


「ふぁ……」

月曜日、普段と同じ時間に学校に到着した私は小さくあくびをした。あの後、愛には本堂と相合傘して帰る一連の出来事を根掘り葉掘り説明させられた。結局その説明が終わる頃には時計は十二時を回っていて、起きる時間が早い私はいつもと比べて少し寝不足気味だった。

私は眠気と戦いながら自分の下駄箱《げたばこ》を開けた。

「ゲッ……」

思わず口から声がもれる。そこには私の靴以外にもう一つものが入っていた。

※　※　※

「おーい大輝。起きてるか？」

「え？　うん、大丈夫だよ」

昼休み、僕が少し考え事をしていると、お弁当箱を持った俊也《しゅんや》が声をかけてきた。

「何ぼーっとしてるんだよ」

「ちょっとこの前の休日のこと思い出してて」

「休日になんかあったのか？」

そう言いながら俊也は僕の前の空いている今野《こんの》君の席に座った。

「ショッピングモールに行ったら偶然清水《しみず》さんに会ったんだよね」

「清水さんに？」

「うん。お姉さんも一緒だった」

「清水さんのお姉さんってことは清水愛さんか？」

「俊也、愛さんのこと知ってるの？」

「さすがに俺も生徒会副会長くらい知ってるよ。それに愛さんはあの清水さんのお姉さんだったり可愛《かわい》かったりで結構有名人だぞ？」

そうだったのか。愛さんのことをよく知らなかったのは僕だけだったらしい。

「それでその二人に会ってどうしたんだ？」

「愛さんに誘われて清水さんたちと一緒に買い物したんだよ」

「面白い展開だな。大輝って愛さんと元から面識あったのか？」

「いや、その時に初めて会った。愛さんは僕のことを知っていたけど」

おそらくだけど清水さんからあらかじめ僕の話を聞いていたのだろう。

「そうなのか。それにしても初めて会った大輝を自分たちの買い物に誘うとは、愛さんってフットワーク軽いな」

「僕もびっくりしたよ」

愛さんの距離を縮める早さには確かに僕も驚きを隠せなかった。

「それで買い物って何を買いに行ったんだ？」

「服を買いにきてたみたい」

「そしたら大輝は服選びを手伝ったのか」

「あまり手伝えてはなかったけどね。服を試着した二人にただ感想言ってただけ」

意見がほしいとは言われたけど有益な意見を言えた覚えがない。

「服選びの手伝いなんてそんなもんじゃないか？」

「そうかな」

「俺もあまり女の子の服選びを手伝った経験ないから断言はできないけどな。それでその後はどうしたんだ？」

「ゲームセンターで遊んだ。その後に愛さんは用事があって別々になって僕と清水さんは一緒に途中まで帰ったよ」

端的に言えばこの説明で合っているはずだ。

「へえ、なるほど。それなら大輝はその休日について何を考えてたんだ？」

「ちょっとその時、愛さんに言われた言葉が気になってて……」

『どうして圭のそばにいるの？』

あの質問がなぜか今でも僕の頭を離れなかった。

そんなことを思い出していると教室の後ろのドアが勢いよく開いた。

「圭！」

驚いてその声のした教室の後ろ側のドアの方を見ると、そこには愛さんが焦った顔をして立っていた。

「俊也、ちょっと行ってくる」

「お、おう、気をつけてな」

ただごとでないと思った僕は急いで愛さんのところに向かった。

「愛さんどうしたんですか？」

「大輝君！　君がいてよかった。早速だけど圭ここにいない？」

「いません。清水さん、昼休み始まってすぐにどこかに行って……」

「やっぱりか……」

愛さんは苦虫を嚙《か》み潰《つぶ》したような顔をしている。

「清水さんがどうかしたんですか？」

「前にファミレスで圭が面倒な人にいいと思われてるって言ったよね。その子が昼休みになってからいないらしいんだよ。その子の友達によると用事があるって言ってたらしくて。

それで嫌な予感がして来てみたら案の定、圭もいないからさ。一足遅かったか……」

「つまり清水さんがその人に呼び出されたってことですか？」

「そういうこと。いないと分かったらこうしちゃいられない。圭を捜さなくちゃ」

愛さんは前にも見せた真剣な顔をしている。

「待ってください。僕も捜します」

「ダメだよ。大輝君に迷惑はかけられない」

「迷惑なんかじゃないです。僕も清水さんが心配なので。協力させてください」

ジッと愛さんを見つめる。数秒ほど視線を合わせたのちに愛さんは観念したのか、珍しくため息を吐《つ》いた。

「思ってたより大輝君って強情だね。分かった。でも無理はしないでね」

「分かりました」

「ああ、そうだ。見つけたら連絡取りたいから連絡先教えて。他にももう一人私の幼馴染《おさななじ》みが捜してるからグループ作って、何かあったらそこで伝えるね」

僕と愛さんは連絡先を交換し、それぞれが別々な方向に走り出した。

※　※　※

「おい、誰かいるか」

昼休み、私は人があまり来ないことで有名な体育館裏まで来ていた。

「約束通り来てくれたんだね」

声をした方向を見ると長身の男がそこに立っていた。その容姿はおそらく私以外の女子にならそれなりに受けがいいように見える。顔を見てみるが全く見覚えがない。ただその態度からしておそらく同学年か先輩なのだろう。男は何故《なぜ》か自信ありげな笑みを浮かべていた。

「何が約束だ。こんなもの入れやがって」

その男に持ってきたメモ用紙を見せつける。そのメモ用紙は今朝私が下駄箱で見つけたものだった。メモには今日の昼休みに体育館裏まで来てほしいとの旨が雑に記されていた。それを見つけたせいで私は朝から最悪の気分だった。

「わざわざ持ってきてくれたんだ。読んでいるなら用件は分かるだろ？」

「ああ」

「俺と付き合ってくれないか」

やっぱりこうなったか。心の中でため息を吐く。こうならないために高校生になってから変わったはずだったのに。

「聞きたいことがある」

「なんだ？」

「どうして私に告白してきたんだ？」

「それは君と付き合いたいと思ったから」

何を当たり前のこと聞いているんだとでも言いたげに男が答える。

「だからなんで私と付き合いたいと思ったんだよ」

「それは……黒髪になった君を見ていいなと思ったからだよ」

またコイツもか。高校生になっても私なんかに寄ってくる男は結局外見にしか興味がないようだ。

「それで答えはどうなんだい？」

「断る」

「は？」

男は信じられないとでも言いたそうだ。先ほどまで顔に浮かべていた薄っぺらい笑みが消える。

「名前も知らないような奴《やつ》の告白なんて受けるわけがないだろ。見た目だけで好きになるなら私に似てる奴でも他に見つけてろ」

心の中で姉の愛以外でな、と付け加える。

「そんな怒らなくても。一旦落ち着こうよ」

「機嫌は確かに良くはないが私は落ち着いてる。その上で断るって言ったんだ」

「落ち着いているなら聞いてよ。確かに俺たちはまだお互いのことよく知らないけど、それを知るのは付き合ってからでも遅くはないんじゃないかな？」

「いや、お互いのことを知っていって少しずつ好きになって告白して付き合うようになるのが普通だろ。付き合うまでの順序が逆だ」

「ふっ」

男が鼻で笑う。さっきまでの笑い方と違って今回は嘲《あざけ》っているように見える。

「何がおかしい」

「いや、君って思ったより純粋なんだね」

「なっ」

「別に今は好きじゃないだろうけど、後から好きになるかもしれないし別にいいじゃないか。俺と付き合おうよ。悪いようにはしないからさ」

押しが強いなコイツ。それになんだか言い慣れているように感じられる。この男は他の女子にも今回のように言い寄っていたのかもしれない。面倒な奴に目をつけられた気がする。

「私の気持ちは変わらねぇよ。付き合ったとしてもお前を好きになるなんてありえないし、そもそも付き合うことも絶対にねえ」

「うーん。困ったなぁ。それなら友達からならどうかな？」

「しつこい。そんな下心見え見えの友達なんてお断りだ。それで用件終わりなら戻るぞ」

プルプルと小刻みに男が震える。その顔からは先ほどまでの余裕は完全に消えていた。

「こっちが下手に出てやったらいい気になりやがって！」

男は思いっきり逆上している。非常にまずいことになった。まず、この体育館裏は滅多《めった》に人が来ない。私はここに来ると誰にも伝えてないから、ここに私がいることを誰も知らない。つまりここで何があっても助けは見込めないということだ。

「それがお前の本性か。メッキが剝がれたな」

余裕があるように振る舞っているが現状を打破する案は私にはない。普段から運動しているから多少は抵抗できるかもしれないが、それでも男女の体格差は覆せないだろう。男はじりじりとこっちに距離を詰めている。もうダメかと思い私は思わず目をつぶった。

「待って！」

私と男が声のした方を向くと、そこには本来ここにいるはずがない本堂が立っていた。

「……またお前に助けられんのかよ」

他の奴には聞こえないくらいの声で呟《つぶや》く。

「おい、誰だお前？」

「……ぜぇ……ぜぇ。……すみません、ちょっと待ってもらっていいですか？」

さっきの威勢の良さはどこに行ったのか。本堂はなぜか既に息も絶え絶えの状態だった。

※　※　※

「……少しだけだぞ」

なんとか許可をしてもらえた。先ほどまでずっと全力で走りっぱなしだったので非常にありがたい。息を整えているといつの間にか清水さんが僕の隣まで来ていた。

「おい、なんでお前がここにいるんだよ」

清水さんが小声でボソッと僕に話しかけてきた。

「まあ色々あってさ」

本当はもう少し丁寧に説明したいけどその時間はない気がする。愛さんにも報告をしたかったんだけど。

「そろそろ話せ。お前はそもそも誰だ？」

待ちくたびれたのか、先ほどまで清水さんと話していた男の人が声をかけてくる。

「待たせてすみません。僕は二年の本堂大輝と言います」

「これは丁寧にどうも、後輩君。それで本堂君はこんなところまで何しに来たのかな？」

急に先輩が言葉遣いを直す。それが逆に不気味に思えてくる。僕がここに来て人数的にはこちらが有利なので先輩も手荒なことはしないと信じたいけど……。

「清水さんを捜しに来ました」

端的に目的を告げる。先輩はニコリとしているが目が笑っていない。

「だったら目的は果たせたみたいだね。そして彼女は俺と話している途中だから君はここでもうさよならだ」

「もうお前との用事は済んだだろ。私はもう教室に戻るぞ」

「つれないな。もう少し話せばきっと気持ちも変わるよ」

先輩は既に僕のことは眼中になく清水さんしか見ていない。

「変わるわけねえだろ。お前みたいな容姿だけ見てる奴なんて願い下げだ」

少し口調はきついけど、中学時代の清水さんの話を聞いた後だとそう言いたくなる気持ちも理解できる。僕が一人で納得していると歯ぎしりをする音が聞こえた。

「性格丸くなったと思ってこっちからわざわざ付き合ってやるって言ってやったら、なんだその態度は！」

急に声を荒らげた先輩の方に視線を移すと、その表情からは怒りの感情しか読み取れなかった。

「先輩落ち着いてください」

「部外者は引っ込んでろ！　だいたい顔以外に良いところがないお前がぜいたく言ってんじゃねえ！　調子に乗るな！」

先輩は感情をコントロールしようともせず好き放題言ってくる。ふと気になって清水さんの方を見る。彼女は今まで見たことがないくらい悲しげな表情をしていた。僕の中にある何かの糸がプツリと切れた。

「……訂正してください」

自分でも驚くほどに低い声が出る。

「あ？」

「訂正してくださいって言ったんです」

「何をだよ？」

先輩が凄《すご》い剣幕《けんまく》で睨《にら》んでくるが恐怖は感じない。

「顔しかいいところがないと清水さんに言ったことです」

「事実だろ」

「いいえ、先輩が知らないだけで清水さんには良いところがたくさんあります」

「な、なんだよ」

「清水さんは調理実習で人手が足りなかった時は率先して僕を手伝ってくれましたし、昼ご飯を買えなくて困ってたら自作のお弁当を分けてくれるくらい優しい人なんです」

「本堂……」

清水さんが何か言いたげだが僕にも言いたいことがまだまだ残っている。

「それに聞き上手だから話してていつも楽しい気分にさせてくれますし、それに別に話すことがなくて一緒にいるだけでも……」

「おい、もう分かったからいいって」

清水さんが僕の話を遮ってくる。その表情は先ほどまでと異なり焦っているように見える。悲しそうな表情ではなくなってほっとする。だけど話を止めるわけにはいかない。

「なにも良くないよ。まだ全然清水さんの良いところ伝えられてないんだから。確かに先輩の言う通り清水さんは容姿も優れているとは思いますけど、それは清水さんの魅力のほんの一部でしかなくて……」

「もういいって言ってるだろ！」

「むぐっ」

清水さんが正面から手で物理的に僕の口を塞ぐ。手には思った以上に力が籠もっていてなかなか外すことができない。必死の抵抗の末に拘束を外した時には僕も清水さんも息が切れていた。

「はぁ……はぁ……。急に何するの清水さん」

「……はぁ……はぁ。お、お前が恥ずかしいこと言うからだろ！」

「別に全部本当のことなんだから恥ずかしくなんてないよ」

「恥ずかしいわ！　聞く方の身にもなれ！」

「なにお前らじゃれあってるんだ」

　声のした方を向くと先輩が何故か呆《あき》れた顔をしていた。その表情にはもう怒りの感情は見られない。

「あ、すみません。それじゃあ再開しますね」

「いらない。もううんざりするほど聞いた。なあ一つ聞いていいか？」

「なんでしょうか」

「お前がここに来た時から気になっていたが、お前はそいつとどういう関係なんだ？」

「僕にとって清水さんはほっとけない人です」

「ほっとけない人？」

　先輩は分かっていないみたいだ。端的に言いすぎて伝わらなかったのだろうか。

「はい、優しいのに不器用だから目を離せない存在です。多分、一緒にいる限り僕はずっと清水さんを思わず見てしまうと思います」

「本堂お前な、何を……」

　清水さんがなぜか動揺している。何も特別なことは言ってないのに。

「……なるほどな。はあ……」

先輩がため息を吐いて僕と清水さんに背を向けた。

「先輩？」

「やめだ、帰る。のろけを聞くためにここまで来たわけじゃない」

「のろけ？」

何を言っているのだろう。僕が話していたことが正しく伝わっていないのかもしれない。

「おい、ちょっと待て。この状況で今コイツと二人きりにするな」

「清水さん？」

僕が来た時は先輩から離れたがっていたように見えたのに、どういう心境の変化だろう。

「嫌だね。この俺を振ったんだから二人きりで気まずくなってせいぜい苦しんでくれ。それとその……言いすぎた。さっきは悪かった」

それだけ言うと先輩は校舎に向かって一人歩き始めた。

「言いたいことだけ言って帰るんじゃねえ！」

清水さんの叫びはここにいる三人以外に届くことはなかった。

「僕たちも教室に戻ろうよ」

先輩がいなくなって数分後、僕と清水《しみず》さんは未《いま》だに体育館裏にいた。

「あんなこと言っといてなんでお前はいつも通りなんだよ！　というかそもそもどうしてここに私がいるって分かったんだ？」

清水さんが言うあんなことが一体何を差しているのかは分からないけど、後半の質問には答えられる。

「正直ここにいるとは分からなかったよ。でも告白なら他の人が来ない場所でするだろうから、学校中の人が来ないような場所を順番に見てきたんだよ。それでここの近くに来た時に叫び声が聞こえて、もしやと思って来たら清水さんを見つけたんだ」

「……お前に告白のことは言ってなかっただろ」

「愛《あい》さんから聞いたんだ。愛さん、清水さんのことすごく心配してたよ」

愛さんに清水さんを見つけて無事であることを報告する。すぐに既読がつき安心したと愛さんから返信が来た。

「愛が……。それは分かったけどなんでお前は私を捜しに来たんだよ。教室で待っていても良かっただろ」

「心配だったんだよね」

「何が？」

「清水さんが危ないかもしれないと思って」

愛さんの話は部分的にしか聞いていなかったが、清水さんに危険が及ぶ可能性は十分あるように思えた。

「そんなのほっときゃいいだろ。もし何かあったとしても私の責任だ」

「ほっとけないでしょ」

「なんでだよ」

なんでそんな当たり前のことを聞くのだろうか。

ここは僕の気持ちをしっかり清水さんに伝えないといけない気がする。

「多分清水さんが思ってるより僕、清水さんのこと大切だと思ってるから。清水さんがもし傷つくことがあったら絶対後悔すると思う」

「なっ」

清水さんの顔が先ほどと比べて赤みを帯びている。

「お、お前ほんと急に何言ってんだよ！」

「何って清水さんは大切な人だって……」

「それ！　大切な人ってどういう意味だよ！」

何故《なぜ》か清水さんは興奮気味だ。

「先輩に言われて改めて考えたけど、僕たちの関係って一体なんなのかなと思って。クラスメイトではあるけどそれだけの関係じゃないし、でも友達だとは清水さんは思ってないかもしれないなと。それで僕が清水さんをどう思ってるかって考えたら、大切な人って言葉がしっくりきてさ」

答え終えたが清水さんからの返事はない。

「あの……清水さん？」

「それって異性として……」

清水さんの声量が小さく聞き取れない。だけど少し落胆しているように見える。

「ごめん。もう一回言ってくれる？」

「今のは独り言だから気にするな」

「う、うん、分かった」

正直結構気になるけど目に見えるくらいテンションが一気に落ちた清水さんにはなんだか聞きづらい。

「お前がなんでここに来たか理由は分かった。それにしてもこんなことになるなら髪染め直すんじゃなかったな」

清水さんが自嘲気味に笑った。

「告白されるのが嫌で清水さんは髪を金色に染めてたの？」

「そういや言ってなかったか」

「うん。言いたくなければいいけど」

清水さんは少し考えるしぐさを見せる。

「お前だったらいいか。意外だと思うだろうが私中学までは結構モテたんだよ」

「清水さん綺麗《きれい》だし、一緒にいて楽しいから全然意外じゃないけど」

愛さんからも少し話を聞いていたということもあり衝撃は少ない。

「……話の腰を折るな」

清水さんに睨まれるがいつもより凄《すご》みを感じない。

その顔が朱に染まっていることも関係があるかもしれない。怒っているというより少し恥ずかしそうだ。

「まあいい、それで毎回告白した理由を聞いてたんだがみんな揃《そろ》って一目惚《ひとめぼ》れだの見た目が好みだの言いやがって。それって容姿でしか私を判断してないってことだろ」

そういう清水さんは何とも言い難い表情をしていた。

「清水さん……」

「だから高校でもそんな外見だけで判断する奴《やつ》らに告られるなんてゴメンだったから、髪色を金色に変えたんだ」

「清水さんって昔から髪金色じゃなかったの？」

衝撃的なカミングアウトに驚きを隠せない。

「違う。中学までは普通に黒だった」

中学生の頃の清水さんを想像する。清水さんが僕の通っていた中学校の制服を着た姿はなぜか既視感があった。

「あれ？」

「どうかしたか？」

なぜ僕は中学の制服を着た清水さんをどこかで見たことがある気がするのだろう。

「清水さんって僕と同じ中学だった？」

「唐突だな。前に言っただろ」

「そうだったかな」

前に話したことがあったような、なかったような。正直覚えていない。

「だからなのか。清水さんと中学の時に会ってた気がしたのは」

「思い出したのか！」

清水さんが勢いよく僕の肩を摑《つか》み自分の顔に寄せる。

「ちょっと清水さん近いって！　思い出したって何を？」

僕の言葉を聞くと清水さんが肩から手を離した。

「いや、分かってないならいい。同じ中学だったから学校のどこかで会ったこともあるだろ」

そう言った清水さんの顔はどこか寂しそうだった。僕は上手《うま》く言えないけど清水さんにそんな表情をしてほしくなかった。

両手で自分の顔をパンパンと叩《たた》く。

「なにしてんだ？」

清水さんが不思議そうに僕を見てくる。

僕は脳を全力で働かせ記憶を辿《たど》る。今と多少容姿や雰囲気は違っても、清水さんと昔会っていたなら完全には忘れていないはずだ。

「な、なんでそんなに真剣な目で見てくるんだよ！」

「あ、ごめん」

無意識に清水さんの顔を見つめていたらしい。

「それにしても私を心配するのはいいけど、気を付けないとお前だって危なかったんだからな」

「ははは、それ前にも誰かに言われた気が……」

『気をつけないとお前も危ないぞ』

頭の中にいつの日かの声が響く。

そうだ。前にも今の清水さんみたいに誰かが僕のことを心配してくれた記憶がある。あれはいつのことだっただろうか。確かまだ中学の頃だったような……。

「本堂《ほんどう》？」

そうあれは中学三年の時だった。昔の記憶が今になって鮮明に甦《よみがえ》る。

「おい、本堂、聞こえてないのか？」

ハッとする。思い出すことに夢中で清水さんの声が聞こえていなかったみたいだ。

「ごめん、少し考え事してた。それでなんだけど、僕と清水さんって中学三年生の時にもしかして会ったことある？」

「あの時のこと思い出したのか？」

「本当にさっき思い出したところだけどね」

中学で初めて会った時とは言葉遣いや雰囲気が違っていて、一年以上一緒にいたけど正直分からなかった。この前までは髪色も違っていたこともあるかもしれない。

「……気づくのが遅いんだよ」

「それにしてもなんで中学の頃会ったことあるって言ってくれなかったの？　清水さんは僕のこと覚えてたんでしょ？」

「だって恥ずかしいだろ……」

「恥ずかしい？」

何が恥ずかしいというのだろう。思い出してみても中学の頃の清水さんもそこまで変わった格好や性格ではなかったと思うけど。

「本堂に助けてもらったことを私だけが今でもまだ覚えてるって、なんだか一方的にお前のこと気にしてるみたいじゃねえか……」

「そんなことはないと思うけど。それに助けたって言ってもあの時も別に大したことしたわけじゃないし……」

「そんなことねえ！」

清水さんが叫ぶように大きな声を出した。

「そんなことねえ。あの時だって今回だってお前は私のこと助けてくれた。中学の時もさっきもお前が来なかったら大変なことになってたかもしれねえ。あの時は言えなかったけど……その……」

次の言葉は発せられない。僕は清水さんが話すまでいつまでも待つつもりでいた。そしてその時は思っていたより早く訪れた。

「……ありがとう」

そこまで大きな声ではなかったけど僕にははっきりと聞こえた。

そのシンプルな感謝の言葉に僕の心は驚くほど揺さぶられた。この気持ちはなんだろう。上手く表現できなくてもどかしい。これまで僕に芽生えていなかった新しい感情なのかもしれない。

「……なんか言えよ」

自分の気持ちを整理しているうちに思ったより時間が経《た》っていたようだ。

清水さんが僕を不安げに見つめてくる。気持ちを不格好でもいいから一刻も早く口にしなければ。

「よかった」

「何が？」

「清水さんの助けになれて。僕が今までしてきたことって自己満足でしかないから、相手がどう思ってるかはあまり気にしたことがなかったんだ。だけどこれまでのことが少しでも助けになれてたならよかった。ありがとう清水さん」

「ふふ、なんでお前まで私にありがとうって言ってるんだよ」

清水さんが柔らかい笑みを見せる。清水さんが笑っているところを僕は初めて見たかもしれない。

「もしかして清水さんって可愛《かわい》い？」

「な、なんだよ急に。それになんで疑問符ついてんだ！」

自分でもなぜ出たか分からない言葉が口から放たれた。僕は一体どうしてしまったのか。先ほどまでの笑顔はどこにいったのか、怒りからかはたまた恥ずかしさからか清水さんの顔は真っ赤になっていた。

「ちょっと落ち着いて清水さん」

「落ち着けるか！　いきなり可愛いとか言って、からかってんのか！」

「からかってなんてないって。ただちょっと思ってたことが口からポロッと漏れたというか……。とにかくこんな時に冗談で可愛いなんて言わないよ！」

「ッ……。じゃ、じゃあ本気で可愛いって言ったのかよ」

「そうだよ。僕は清水さんを本気で可愛いって思ったから可愛いって言ったんだ」

「なっ」

ここまで来たら引くに引けない。こっちもそれなりの覚悟を持って可愛いと言ったのだと信じてもらうしかない。

僕をじっと見てくる清水さんの顔は変わらず朱に染まっている。

「……お前がそこまで言うなら分かった」

「分かってくれて良かったよ」

「分かったからこの話はこれで終わりな」

「うん」

どうしてこんなことになったか分からないけど、僕たちの口論は無事に終了した。

「さて、そろそろ教室戻るか」

「そうだね」

体育館裏に来てからどれくらい経っただろう。結構長い間ここにいた気がするから俊也《しゅんや》は僕を少し心配しているかもしれない。

帰ろうかと思ったその時、まだ聞いていない疑問があることを思い出した。

「そういえばずっと気になってたこと聞いてもいい？」

「なんだよ」

「金髪に染めた理由は分かったけど、それならなんで黒髪に戻したの？」

髪を黒く染めた時にも一度聞いたけど、その時には答えてもらえなかった記憶がある。だけど今なら清水さんも理由を教えてくれるのではないか。

「それは……」

「それは？」

息を吞む。やはり髪を黒に戻したことにも意味があるのか。

「……その時が来たら話す」

「その時っていつになったら話してくれるの？」

「そ、その時はその時だ！」

清水さんはそう言うと勢いよく駆け出した。

「えっ、ちょっと待ってよ清水さん！」

僕は一足早く走り出した清水さんの背中を追い、教室まで走って戻ることになるのだった。

あとがき

この度は本作を手に取っていただきありがとうございます。作者の底花《ていか》です。さて何から書いていくべきでしょうか。あとがき開始二行目にして早くも悩んでいます。緊張しているのかもしれません。まずは軽く自己紹介から始めていきたいと思います。

地の底に咲く花と書いて底花です。好きな動物はフクロウです。……そんな私がそもそも何者なのかについてですが、私は小説投稿サイト「小説家になろう」の方で短編ラブコメをたまに書く、そんな生き物でした。なぜ短編ラブコメを書いて投稿するようになったのかは今となってはあまり覚えていません。ただ読者の方から感想を貰《もら》えるのがとても嬉《うれ》しくて、また何か書こうと思うようになったことは今でも記憶に残っています。

そんな私は気の向くままに短編ラブコメを書いたり書かなかったりしていたのですが、ある日転機が訪れました。一通のメールが来たのです。そのメールには要約するとあなたの作品いいですね！　ちょっとお話を聞かせてもらえませんか？　みたいなことが書かれていました。その作品というのが本作の元になった短編ラブコメ「清楚《せいそ》な人が好みだと友人と話した翌日に隣の席のヤンキー清水《しみず》さんが髪を黒く染めてきた」なのでした。

少し緊張がほぐれてきた気がします。そんなこんなで私はそのメールをくださった方とお話ししました。そのお話は私が書いた短編を書籍化してみないかというものでした。書籍化……書籍化……書籍化！　実際に言われてみると半端ではない衝撃でした。

実は生きているうちに一冊でも本を出すというのが私の大きな野望だったのです。今回の提案はその野望が叶《かな》う可能性のあるまたとない機会でした。私は提案を受けることに決めました。

それからはあっという間に日々が過ぎていきました。そして気づけば本編を書き終えてこのあとがきを書いています。

ここまで書いてようやく私の緊張も解けてきました。本作は私が初めて書いた一冊の本なのでとても思い入れがあります。そんな本作を手に取って読んでもらえていることを私は嬉しく思います。

最後になりますが、最初からずっと私を支えてくださった担当編集者様、清水さんや大《だい》輝《き》、愛《あい》の素敵なイラストを描いてくださったハム様、素晴らしい紹介漫画を描いてくださった矢野《やの》トシノリ様、そしてここまで読んでくださった読者の皆様、本当にありがとうございました。それでは、ご縁があればまたどこかでお会いしましょう。

隣《となり》の席《せき》のヤンキー清水《しみず》さんが髪《かみ》を黒《くろ》く染《そ》めてきた

著　底花《ていか》

角川スニーカー文庫　23610

2023年4月1日　初版発行

発行者　山下直久

発　行　株式会社KADOKAWA
〒102-8177 東京都千代田区富士見2-13-3
電話　0570-002-301（ナビダイヤル）

印刷所　株式会社暁印刷
製本所　本間製本株式会社

◇◇◇

Printed in Japan　ISBN 978-4-04-113542-6　C0193

★ご意見、ご感想をお送りください★
〒102-8177 東京都千代田区富士見 2-13-3
株式会社KADOKAWA　角川スニーカー文庫編集部気付
「底花」先生「ハム」先生

「私は脇役だからさ」と言って笑う
そんなキミが1番かわいい。
クラスで
2番目に可愛い
女の子と
友だちになった
たかた［イラスト］日向あずり
第6回
カクヨム
Web小説コンテスト
特別賞
ラブコメ
部門
「クラスで2番目に可愛い」と噂の朝凪さん。No.1人気の天海さんにも頼られるしっかり者の彼女は……金曜日の放課後だけ、俺の家に遊びに来る。本当は無邪気で甘えたがり。素顔で過ごす、二人だけの時間。
スニーカー文庫

転校先の清楚可憐な美少女が、
昔男子と思って一緒に遊んだ幼馴染だった件
Hibariyu
雲雀湯
illust シソ
重版続々!!
元"男友達"な幼馴染と紡ぐ、
大人気青春ラブコメディ開幕!
作品特設サイト
公式 Twitter
7年前、一番仲良しの男友達と、ずっと友達でいると約束した。高校生になって再会した親友は……まさかの学校一の清楚可憐な美少女!? なのに俺の前でだけ昔のノリだなんて……最高の「友達」ラブコメ!
スニーカー文庫

お見合いしたくなかったので、無理難題な条件をつけたら同級生が来た件について

桜木桜

イラスト
clear

story by sakuragisakura
illustration by clear

わたしと嘘の“婚約”をしませんか？

嘘から始まるピュアラブコメ、開幕。

お見合い話を持ってくる祖父に無理難題をつきつけた高校生・高瀬川由弦。数日後、お見合いの場にいたのは同級生の雪城愛理沙!? お見合い話にうんざりしていた二人は、お互いのために、嘘の『婚約』を交わすことになるのだが……。

スニーカー文庫

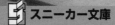